旦那様、その『溺愛』は契約内ですか?

Nana & Minoru

桔梗 楓

Kaede Kikyo

EB
エタニティ文庫

目次

旦那様、その『溺愛』は契約内ですか？

プロローグ　突然の個人面談

生活用品の製造・開発を手がける大手メーカー、ハバタキユーズ。都内にある本社開発部で働く私こと、雛田七菜は、本日、上司の鷹沢部長に呼び出された。

手狭なミーティングルームで、テーブルを挟んで向かい合わせになっている私達。

鷹沢部長はノンフレームの眼鏡のブリッジを指で押し上げて、私を睨み付けた。きらりと冷たく、眼鏡のツルが光る。

――うう、怖い。憤怒の表情をした不動明王かと思うほど、部長はとっても顔が恐ろしくて、睨まれると震えてしまう。

そんな不動明王……じゃない、鷹沢部長は、机に置いていたノートを広げて、ボールペンのノック部分をカチリと押す。

真面目で堅物、社内一ストイックだと言われている鷹沢部長は、仕事にまったく妥協をせず、自分にも他人にも厳しい。そのあり方から社内では密かに『鬼侍』と呼ばれていた。

ハバタキユーズの社長子息という噂もあるのだけど、部長はプライベートをまったく話さないので、わりと謎に包まれた人である。

「雛田さん、急に呼び出してすみません。新プロジェクトに関して、いくつか質問したいことがあります」

「はあ……」

どうやら怒られ案件ではないらしい。私は内心ホッと安堵した。

私は新卒でハバタキユーズに入社し、開発部に配属されて以来、開発部部長である鷹沢部長には毎日のように叱られているのだ。すべては仕事ができない私が悪いのだが、同僚にも先輩にも『鷹沢部長は雛田さんに一際厳しいと思う』と言われている。

間違いなく、どんくさい私を嫌っているのだろう。

鷹沢部長はスタイルがよくて、肩幅が広くて、ビジネススーツ姿がビシッと決まっていて、おまけに仕事もできる。実に完璧な人だ。もう少し人間味のある性格をしていたら、目に見えてモテていたに違いない。実際、怖くて声をかけづらいけど、密かに憧れている女性社員は多いと聞いているし、私も入社当時は素敵な人だと思っていた。しかし今ではすっかり嫌われているのがわかって、その憧れも霧散したのだけど。

「では早速、質問を開始します。現在、雛田さんには恋人がいますか？」

「こいびと!?」

思いもよらない質問を唐突にされて、私は驚きの声を上げてしまった。

すると鷹沢部長は『なにか？』と言いたげに、片方の眉を上げた。

「はい。プライベートな質問で申し訳ありませんが、答えてもらえませんか」

「え、はい。……でも、えっ？」

オロオロと困惑する私だが、鷹沢部長は普段通りの無表情で、淡々としている。

――な、なんで恋人がいるとか聞くの？　そんなの仕事に関係ある？　ないよね？

でも、新商品の開発に必要な情報なのかもしれない。恋人のいるいないが、新商品にどう関わるのかサッパリ想像つかないけど。

「いません……」

ボソッと小声で答えると、鷹沢部長はノートにメモを取り始めた。

――え、待って。『雛田、恋人なし』とか書くの？　個人的にやめてほしい。だって、なんだか情けなくない？　雛田（二十三歳）恋人なし。って！　どうせいないよ！　見栄でも『いる』って答えればよかった。どうして素直に答えちゃったんだよ、私。

「では、恋をしている人はいますか？」

「こい⁉」

ふたたび目を剥いた私に、鷹沢部長は不機嫌そうに目を細めた。怖っ。

「もしや、いるのですか？」

「いやいや、恋なんてそんな……なに言わせるんですか……？　い、いませんけど……」

ボソボソと答えて、また切ない気持ちになる。

どうせ恋人もいないし、好きな人もいないよ。そして、しばらくは作る気もないよ。

実は私は男性が苦手なのだ。もっと言うと、鷹沢部長は私的社内の苦手男性ランキングのトップである。

鷹沢部長は、私の返答に心なしかホッとしたような息を吐き、眼鏡のブリッジを指で押し上げる。

「そうですか」

ボールペンで、なにやら書き足す。さっきから一体なにを書いているんだろう。『雛田は現在彼氏がいなくて好きな人もいなくて非常に干からびた人物である』とか……？

イヤだな、そんな書き方されたら泣いてしまう。

メモを終えた鷹沢部長は、ボールペンを机に置いた。

「ちなみに、料理はできますか？」

「えっ？　ま、まぁ、できますけど、そんなに上手じゃないです」

「なるほど。では、掃除は？」

「……自分の部屋を掃除する程度なら、やっています」

「ふむ、特にこれといって得意というわけではない、ということですか？」

きらりと眼鏡のフレームを光らせて訊ねる。

――なんだろう。得意じゃないとダメなのかな？　でも、ここで嘘を言うのはよくないよね。

「はい。恥ずかしながら、そこまで得意ではありません」

料理はお母さんのごはん作りを手伝う程度だし、掃除だって適当だ。

すると鷹沢部長は「ふむ」と頷いた。今の頷きには、どういう意味があるのだろうか。

「わかりました。おおむね、問題ありませんね」

「あの、話がまったく見えないんですけど……」

「ぶしつけな質問をしたこと、謝罪します。説明は後日しますので、今日は終了とさせてください」

ノートを閉じて、鷹沢部長が言う。

「はあ……。ちゃんと説明してもらえるなら、別にいいですけど……」

戸惑う私の脇を通った鷹沢部長は、すたすたとミーティングルームを去っていった。

パタンと扉が閉められて、私はグルッとうしろを向く。

「い、一体なんだったの？」

彼氏がいるのかとか、好きな人はいるのかだとか、家事ができるかどうかとか。どう考えても仕事にまったく関係ないよね。

「……はっ、ま、まさか、セクハラ？」

口に出してから、首を横に振る。

いやいや、あの鷹沢部長に限ってセクハラなんてありえない。鋼(はがね)の男だよ？　ストイックさ社内ナンバーワンの鬼侍だよ？

「新プロジェクトに関する質問って言っていたし、きっと新商品のアンケートだったんだよ。独身女性をターゲットにした商品開発とか、きっとそんな感じなんだ、うん」

無理矢理理由をつけて、自分を納得させる。そして私もミーティングルームを後にして、仕事に戻った。

幕間　開発部の井戸端会議

　さて、俺はハバタキユーズ開発部のエース、木村と申す。開発部に配属されて五年。鷹沢部長に次ぐ古株だ。

「木村～！　あんたまた企画書の項目間違えてるよ！　一体何年ここで働いてるのよ。後輩のあたしのほうが企画書の作成わかってるって問題じゃない？」

　ベシベシと俺の頭に書類をたたきつける女は、可愛い顔をして生意気な後輩、古式である。

　大先輩エースに対し、なんという態度を取るのだ、この後輩は。だがしかしエースというのは俺の自称だから、敬われなくても仕方ない。そのうち鷹沢部長をぎゃふんと言わせてエースになる予定なのである。

「そういえば鷹沢部長、雛田ちゃん連れてどっかいっちゃったけど、またお小言かな～」

　思い出したように古式がミーティングルームへと続くオフィスの扉を見つめる。

　俺も頭にのせられた企画書を受け取りつつ、ドアを見つめた。

「ああ、雛田ね。あいつは本当に不憫だよな、鷹沢部長に目ェ付けられてさ」

「あの子は総務部のほうが向いてそうなのに、なぜだか我が社の地獄に落とされちゃったからねえ」

「おのれの部署を地獄とか言うなよ」

俺がツッコミを入れると、隣でキーボードを叩いていた同僚がグルッと振り向く。

「いや、まさにここは地獄の部署さ。その証拠に、鬼の侍が部長じゃないか」

ハッハッハと朗らかに笑う同僚の額には、貼り付けるタイプの保冷剤がくっついている。彼は今、作成中の企画が大詰めに入っているので、修羅の如く仕事をしているのだ。

「雛田は頑張っているって、開発部の皆が思ってるよ」

「努力家だしね。だからこそ可愛いんだけど……鷹沢部長にはまだ頑張り不足に思えるのかなあ」

古式が心配そうな顔をしている。

そうだ。雛田はよくやっていると思う。エース（予定）の俺が言うのだから間違いない。だが、鷹沢部長は、雛田が入社した初日から厳しかった。そして現在も、鷹沢部長の雛田に対する態度は一際冷たい。

言われた仕事を成し遂げても、称賛は一切なく新たな仕事が与えられるだけで、少しでも手間取っていると注意が飛ぶ。

鷹沢部長は冷徹な上司だが、決して無情ではない。部下の使い方を熟知している人だから、褒める時はちゃんと褒めるし、部下の実力も認めている。

それなのになぜか、雛田に対しては一貫して厳しいのだ。

「いい子なのに、なにが気に食わないのかなあ」

「今頃、ぼろくそに言われてるのかねえ」

「開発部やめたいって言い出さないといいけど……。ほんと、鬼侍も加減しろよなあ」

俺達が輪になって話していると、唐突にガチャリとオフィスの扉が開いた。

現れたのは、鬼侍こと、鷹沢部長。相変わらずのしかめ面で、整った相貌は岩石のように硬く厳めしい。

鷹沢部長は、こちらをジロッと睨んだ。

「皆さんで集まって、なにか問題でも起きましたか」

「あっ、いいえ！　なんでもないです！」

俺達は立ち上がり、ビシッと手を額に当てて敬礼した。まるで軍隊であるが、まさしく開発部は日々を戦う戦士の集まりである。研究費について常に文句を言う経理部と、素人のくせに開発商品へのダメ出しは一人前な営業部と戦う武士である。

様々な部署の板挟みになっているのに、鬼侍と呼ばれる鷹沢部長はいつだって動じない。毎日淡々と仕事をして、的確な指示を飛ばし、経理部を黙らせ、営業部には商品理解のための勉強会をこまめに行う。

恐ろしく仕事ができる上司なので頼りがいがあるものの、鷹沢部長の睨み顔はめちゃくちゃ迫力がある。せっかく顔がいいのにもったいないなと思うほど、部長からにじみ出る凍てついたオーラが怖い。実は社長子息って噂も聞くけど、勇気が出なくて誰も聞けずにいる。

こんな人とふたりきりになって、徹底的に絞られた雛田は、さぞかし恐怖しただろう。

案の定、鷹沢部長から少し遅れる形でオフィスに戻った雛田は、疲れた顔をしていた。よっぽど怒られたに違いない。

「可哀想に……。後でチョコレートでも差し入れしてあげよっと」

古式がそう呟いて、自分のデスクに戻っていく。

俺も、缶コーヒーを奢ってやろうと思った。思わず開発部全員が同情してしまうほど、鷹沢部長の雛田へのスパルタ教育ぶりは有名なのだ。

第一章　仰天のワークミッション

――私は、仰天した。まさかこんな事態になってしまうなんて、誰が想像しただろう。鷹沢部長との奇妙な面談の翌日。なんと私は新商品開発プロジェクトの総合アシスタントに指名されたのだ。

朝一番の朝礼の時、鷹沢部長はいつも通りの仏頂面で、ノンフレームの眼鏡のツルを、軽く指で摘まんで位置を正した。

「今挙げたメンバーが今期のプロジェクトの主軸ですが、新商品の開発は部全体の協力が不可欠です。皆で支え合い、開発部一丸となって頑張りましょう。それでは仕事に戻ってください。プロジェクトメンバーは私のデスクに集合するように」

鷹沢部長の号令で、開発部の皆はわらわらと自分のデスクに戻り、そして名を挙げられたメンバーは部長のデスク前に集合する。私もおそるおそる近づき、端に立った。

――うわあ、錚々たるメンバーだ。私を含めて全員で五人。もちろん全員先輩で、これまでに何度もヒット商品をたたき出したベテラン揃い。それに比べて私は、まだ入社二年目の新人で、しかも通常業務は雑務全般。いきなりこんなプロジェクトに入れるような人材じゃない。

——悪目立ちしてないかな。どうして私が、このメンバーに入っているんだろう。

所在なくオドオドしていると、鷹沢部長が咳払いをした。

「企画概要はこれから社内メールで送ります。来週頭にミーティングを行いますので、皆さんには企画書の作成をお願いします」

いつもの調子で、流れるように説明をしているけれど、私は驚愕のあまり、口をぽかんと開けていた。

だって、来週頭って、土日挟んでもあと四日しかないじゃない！　それまでに企画書を作れって言われても、私、企画書なんて作成したことない！

どうしたらいいんだろう。先輩に聞けということなのかな。忙しいのに、聞いて大丈夫なのかな。そもそも『総合アシスタント』ってなに!?　どんな仕事なの？

頭の中がグルグルする中、先輩達は冷静な顔つきで鷹沢部長に質問をしている。

「前回の企画時に問題視された製造部との連携は？」

「社内チャットの確認を徹底するよう、向こうの部長と話をつけました。こちらもそのつもりで、意思疎通を心がけてください」

「上層部へのプレゼンはいつ頃の予定ですか？」

「遅くても二ヶ月後の予定です。半年後には製造ラインにのせたいですね」

次々と話が進んでいくけど、私はまったくついていけない。

いや！　ここで空気に呑まれて黙っていたら、なんのためのプロジェクトメンバーなのだ。

私だって、ちゃんと役に立たなきゃ。

とりあえず私も質問してみよう。

「はいっ！」

ビシッと手を挙げた。先輩達と鷹沢部長が、同時に私を見つめる。

──ひぇ……怖い。新人がしゃしゃり出るんじゃないよとか思われたらどうしよう。

「あ、あの、その……私が指名された、総合アシスタントって、具体的になにをやるんでしょうか……」

怯（おび）えながら訊（たず）ねる私に、鷹沢部長は「ああ」と思い出したような顔をした。

「これから説明します。概要にも書いておきましたが、総合アシスタントは今回が初めての試（こころ）みです。他に質問がなければ、皆さんは企画書の作成を。雛田さんは私と一緒に来てください」

そう言って、鷹沢部長はすたすたとフロアから出ていった。先輩達は各々（おのおの）デスクに戻り、早速仕事をし始める。

──うう、説明ってなんなの？　もしかして、前にミーティングルームでされた奇妙な質問の答えがあるのかな。

メモ帳とペンをポケットに突っ込んでから私もフロアを出ると、エレベーターの前に鷹沢部長が立っていた。

「部長、どこに行くんですか？」

「会社の外です。車を使いますが、十分もあれば到着します」

――え、車……？　戸惑う私を連れて、鷹沢部長は社員専用の駐車場に向かった。そして黒い車の前に立ち、ピ、と電子音を鳴らしてドアロックを解錠する。

助手席のドアを開け、私に顔を向けた。

「乗ってください」

「は、はあ……」

仕事中なのに、いいのかな。いや、これから『総合アシスタント』の仕事内容が説明されるんだから、これも業務の一環なのか。

それにしても、変なの。どうして私だけ移動するんだろう？

戸惑いはあるが、助手席に乗る。

ところで、この車って、やっぱり鷹沢部長の自家用車なのかな。そこはかとなく高級感に溢（あふ）れた内装だし、上品なオーデコロンの香りがする。

うーん、やっぱり、社長子息って噂は本当なのかも。

鷹沢部長は運転席に座るとシートベルトを締めて、車を運転し始めた。

「説明不足なのは重々承知しているのですが、実際に現物を見ながら話をしたいんです。不安にさせていたら、すみません」

問答無用で私を連れてきたことを、少しは悪いと思っているらしい。

誠実な人だよね。私は「いいえ」と言って、首を横に振った。

「後でちゃんと説明してもらえるなら、大丈夫です」

「ある程度の概要はプロジェクトのメンバーにも伝えてありますが、雛田さんに任せたい仕事はかなり特殊なものなので、誰でもできる、とは言いがたいんです」

「そうですか。……そんなすごい仕事、私にできるのかなって、心配ですけど」

一体どんな仕事を任されるんだろう。ドキドキしながら言うと、鷹沢部長は車を運転しながら、目を伏せた。

「雛田さんは目の前にある仕事を懸命にこなす方ですから、きっと仕事自体はうまくやってくれるだろうと思います」

思わず私は目を丸くして、運転席に座る部長を見た。

だって、こんな風に褒められるなんて初めてだ。いつだって私は鷹沢部長に叱(しか)られて、仕事のミスを注意されていたから。

「ありがとうございます。わ、私、いつまでも仕事が満足にできなくて、きっと部長に呆(あき)れられてると思っていたから、嬉しいです」

「……私が、あなたに呆れる？」

ぽつ、と鷹沢部長が呟いた。そしてなぜか、不機嫌そうに顔をしかめる。

「鷹沢部長？」

「そんなことはありえません。むしろ……」

ハンドルを握りながら呟く鷹沢部長は、ゆるやかに道路をカーブして、ブレーキを踏んだ。

「話の途中ですが、到着しました」

「あっ、はい」

なにを言いかけていたんだろう。頭の端で考えつつ、私は慌ててシートベルトを外した。

助手席から降りて、目の前に建つ建物を眺める。

「おうち？」

首を傾げた。鷹沢部長が車を停めたガレージの傍にある建物は、紛れもなく住居だった。

きょろきょろとあたりを見回すと、どうやらここは都内にある住宅地——それも『高級』がつくような場所で、周りの住宅はどれも敷地が広く、立派な建物が多かった。

庭には青々と茂る芝生が広がっていて、白を基調とした住居は建ててから間もないのか、とても綺麗に見える。

「ここは鷹沢家が所有する土地のひとつです」

「鷹沢家……？」

首を傾げる。部長の苗字は確かに『鷹沢』だけど。

「はい。最近私が買い取ったので、今は私個人の所有物件になっていますけどね」

「な、なるほど。……え、買い取った？」

待って。高級住宅地で、こんなに敷地の広い建物を、あっさり買い取ったとか言ったの？　一体どれだけ稼いでいるの⁉　私のお給料なんて、実家に生活費を入れるだけでカツカツだというのに。いや、手がけている仕事内容がまったく違うから、比べても意味がないのだけど。

鷹沢部長はドアの錠を外し、真新しい玄関扉をガチャリと開けた。

「どうぞ。ここが、あなたの職場になります」

「え、私の……職場？」

目を丸くした後、おずおずと家の中に入る。ふわんと鼻孔をくすぐるのは、新しい住宅ならではの、みずみずしい木の匂い。

「あなたに仕事を任せるために、新しく家を建てたんです」

「へー、建てた……。建てた⁉」

ぎょっとして、鷹沢部長に顔を向けた。

彼は『なにか？』と不思議そうな顔をする。

——い、いや、ここが私の職場、というのもちょっと意味がわからないけど、そのために家を建てたって。家って、そんな軽くポーンって建てられるものなの？　なんかこう、金銭的なものが大変なことになるんじゃないの？　住宅ローンを組むとか。でもこの軽い言い方からして、鷹沢部長がローンで家を建てたとは思えない。恐らく、キャッシュでポンなのだろう。

わあ……結構、引くなあ……

部長と私との間に、ものすごい隔たりがある。主に、金銭感覚的な意味合いで。

「玄関の奥がリビングです。そこにあるものを見れば、雛田さんにしていただく仕事がわかると思います」

鷹沢部長が、私の前にスリッパを置きながら言う。私は玄関におっかなびっくり上がり、スリッパに足を入れた。

「リビングって、ここですか？」

広い玄関ホールの正面にある、観音開きになった磨りガラスのドア。鷹沢部長は頷いてから扉を開け、私をリビングの中に招き入れてくれる。

そこは、想像していたよりもずっと広くて、お洒落な部屋だった。

日当たりのよい南側はすべて窓になっていて、爽やかな初夏の日差しが入り込んでいる。窓の向こうは芝生で、ガレージ側からは見えなかったけど、庭の奥にはバーベキューなどが楽しめそうな野外コンロが置かれていた。

リビングダイニングは大きなワンフロアになっていて、赤色のパネルが鮮やかなアイランドキッチンが見える。そして、近くには白色のダイニングテーブルや、ふかふかしたソファ。天井は吹き抜けで、茶色の羽根をくるくると回す、大きなシーリングファンライトが設置されていた。

「素敵なお部屋ですね……」

感心した呟きを零しつつ、ふと、壁にかけてあるスティック型のコードレス掃除機に目がいった。

――あれ、この掃除機……

私はもう一度、注意深くあたりを見回した。日差しを避ける遮光カーテン。食器を収納する戸棚。キッチンの棚に収納された数々の調理道具。

「もしかして、ここにあるものはすべて、ハバタキユーズの自社製品ですか？」

「その通りです。よくわかりましたね」

リビングの真ん中で、鷹沢部長が腕を組む。

「やはり雛田さんは観察力があるし、ひと目で自社製品と見抜くほど、うちの商品を把握している。普段から勉強しているのは知っていましたから、これくらいはわかるだろうと思っていましたよ」

「え、その、あの。別にそこまで言われるほどのことじゃないですけど……」

普段は怒られてばかりいるから、こんなに褒められると戸惑ってしまう。今日の鷹沢部長はなんだかいつもと違う感じがするけれど、気のせいかな？

「これからしばらくの間、あなたにはここに住んでもらい、ハバタキユーズの既存製品及び試作品を使用しながら生活してもらいたいのです。いわば、テスターですね」

「……テスター？」

目を瞬かせて首を傾げる私に、鷹沢部長は頷いた。

「ハバタキユーズは、生活に要する製品を幅広く手がける製造メーカーです。つまり、いい商品を開発するには、実際の生活の中で製品を使用し、その使用感を緻密に調査する必要がある。私がそう提案しました」

「な、なるほど。だからテスター、ですか」

ようやく納得した。確かにハバタキユーズは生活用品メーカーで、その種類は多岐にわたっている。恐らく、庭にあるバーベキューコンロも自社製品なんだろう。うちはアウトドア製品や、カー用品、リネン製品など、生活に関するものはほとんど網羅している。けれども、当然ながら商品数は莫大にあるものの、これといった大ヒット商品がある……というわけでもないのが、ネックだった。

経営は安定しているけれど、逆に言えば『安定しすぎている』せいで、今以上の利益が見込めない。だからこそ、私のようなテスターを用意して、もっといい商品開発に繋げようと鷹沢部長は考えたのだ。

「ふ～む……。でも、どうして私が選ばれたんですか？」

もっともな質問をすると、鷹沢部長は眼鏡を押し上げる。

「ひとつは、あなたが開発部の中で一番適任者だったからです。入社時から開発部でアシスタント業務につき、様々なラフを図面に起こしてきたでしょう？　あなたなら、製品の内部構造、コストと使い勝手の比率など、商品に対して様々な視点で見ることができるだろうと判断しました」

鷹沢部長が無表情のまま、淡々と説明する。顔つきは、普段私を叱る時とまったくかわらない。でも、話す内容が違った。

それって、鷹沢部長は入社当時から、私の仕事を評価してくれていたってことだよね。……うっ、ちょっと、嬉しいかも。

「また、雛田さんは開発企画グループに一切関わっていないというのもよかったですね。一度人間関係に情が入ると、どうしても忖度が発生しますから」

「あ、それは理解できます」

つまり、仲のよい先輩が開発した製品があったとしたら、他のものよりもよく見えてしまう。または、先輩に気を使ってわざと高評価にすることもある。そういった理由でレビューの精査にブレが出てしまうことを、鷹沢部長は懸念しているんだ。

なるほどな～。さすが部長。よく考えてるな～。

「もうひとつ、理由があります。こちらは、前にあなたと面談した内容に関係します」

「えっ、もしかして、カレシがいるかとか、好きな人がいるとか、あの……？」

やっぱりセクハラじゃなかったんだ。ちゃんと意味があったんだ。もちろん鷹沢部長に限って、そんなことしないってわかっていたよ。

鷹沢部長が大真面目な顔で「はい」と頷く。

「私もここに住みますから。夫として」

「………」

一瞬、彼がなにを言っているのか、わからなかった。

「……オット？」

鷹沢部長の言葉を繰り返して、首を傾げる。オット。といえば、オットセイ。ラッカセイ。ワッカナイ……いや、なんか違うな。

『夫、とは』と、頭の中で検索をかける。すぐさまピピッと検索結果が出た。

【夫】……結婚した男女のうちの男。

「でぇえええっ!?」

頭の中で理解に至るまで五秒。

たっぷり考えた私は、改めてびっくり仰天(ぎょうてん)の声を上げた。

「おっ、おっ、お、おっ、オットトトって、どういうことですか！」

ズサッとうしろに下がって、問い質す。

けれども、私の騒ぎに鷹沢部長は、眉ひとつ動かさなかった。なんという鋼の男！

いや、こんな時くらいは私と同じくらいリアクション多めでお願いしたい。

「今回の開発企画のコンセプトは『家族で使う』。私が夫役、あなたが妻役としてこの家に住み、夫婦という共同生活の中で商品の価値を見つけ出したいのです」

言っていることは『なるほど～』と納得できるところがあるけれど、それにしたって、ふ、夫婦ってなんですかね。あと共同生活ってことは、もちろん一緒に住むんだよね？

「ちょっ……ちょ、ちょ……十秒ください」

うしろを向き、腕を組んで考える。

……そうか。彼氏はいないのかとか、好きな人はどうだという質問は、このためにあったんだ。確かに、彼氏なんていたらこんなことは頼めない。いや、寂しい独り身ならいいのかと問われたら、首を傾げちゃうけど。

でも、これは仕事だ。夫婦というモデルで生活し、発売済みの製品や試作品について公平かつ率直にレビューするのが私の仕事。開発プロジェクトの総合アシスタントとして指名されたからには、ちゃんとやり遂げたい。

なによりも、ずっと私を叱り続けていた鷹沢部長が、本当はちゃんと評価してくれていた。その結果、プロジェクトメンバーの末席に入れてくれたんだから、このご恩は仕事をすることで返したい。

「……でもなあ……一緒に住むって……う～ん……」

やっぱり心の声が口から漏れてしまう。だってこんな奇想天外な『仕事』。戸惑う反応が普通ではないのか。

私はチラッとうしろを見た。鷹沢部長はまったく表情を動かすことなく、私の返事を待っている。

まあ、社内一ストイックと言われている部長だ。鋼の男だし、鬼侍とまで言われるほどの仕事人間だし、一緒に住んだからと言って危険はないだろう。

ふと、思い出すのは過去のこと。

けれどもすぐに首を横に振った。あれは終わったことだ。それに、『彼』は鷹沢部長じゃない。

私は、学生時代に男性関係で辛いことがあって、それ以降、男性に苦手意識を持つようになってしまった。就職してからも、鷹沢部長はもちろん、社内の男性社員も苦手で、常に距離を置いている。仲良くなった同僚や先輩は、いずれも女性ばかりだ。

一時期は、それでいいと思ったこともあったけど……

やっぱり、このままじゃいけないって思う。過去のトラウマを乗り越えて、前向きに生きなきゃって、考える時もある。

だからこれは、私にとっても、チャンスなのかもしれない。

鷹沢部長は、一緒に住んだからといって、いきなり襲ったりするような人じゃないと、この一年間で理解していた。真面目で、誠実で、誰よりも厳しい。それが鷹沢部長だ。

私は恐る恐る振り向き、彼に尋ねてみる。

「一応確認ですけど、寝る場所は別……ですよね？」

「二階には複数部屋がありますから、好きな部屋を選んで頂いてかまいません」

「なるほど。あと、期間はどれくらいですか？」

「予定では二ヶ月です」

二ヶ月かあ。ちょっと長いけれど、シェアハウスと思えば、なんとかやっていけるかな。

「わかりました。二ヶ月、ここに住みながら自社製品を試し、使い勝手を評価していけばいいんですね」

「そうです。では、早速今週の土曜日、あなたの家に行きましょう」

「なんで私の家に来るんですか⁉」

ふたたびズサッと体を引いた私に、鷹沢部長は『なにか問題でも？』と言いたげに片方の眉を上げた。

「仕事とはいえ、いきなり男とふたりで暮らすのですから、あなたのご両親も心配するでしょう？　ですから、私が自ら説明に行きます」

「え、いいえ、別にそこまでしなくても、さほどウチは心配性でもないので」

「そういうわけにはいきません。あなたは都内近郊にご両親と共にお住まいで、会社からも、この家からも、遠く離れているでしょう。そしてお宅は大根農家で、ひとり娘であるあなたを大切にしています。心配しないわけがありません」

「ちょっ……待。えっ？」

待て。なんでそんなに詳しいんだ。確かにうちは都心から離れたのどかな街にあり、会社までは電車を使って一時間かかる。そして家は大根農家で、私はひとりっ子だ。

パーフェクト上司・鷹沢部長ともなると、部下の個人データくらいは把握しているのかな……。いつ何時、なにがあっても、即座に動けるように……とか。

う～ん。さすが鷹沢部長だ。

どっちにしても二ヶ月の間、別のところで暮らすことは両親に言わなければならない。鷹沢部長の説明を受けたら、両親も納得するだろうし、安心もするだろう。

「じゃあ、お言葉に甘えて、両親への説明をお願いします」

気を取り直した私が頭を下げると、鷹沢部長は眼鏡のツルを摘まみ、いつも通りの無表情で「わかりました」と頷いた。

第二章　現状打破のみだらな提案

なんだか勢いのままに決まってしまった、私と鷹沢部長の期間限定同居生活。

ちなみに、私がしばらくの間テスターとして生活するのは、ちゃんと開発プロジェクトの概要に書いてあった。ただし、同居人がいることは秘されていたのだけど。だからプロジェクトメンバーの先輩達には『しっかりテストしてね！』と頼まれた。中には、評価の内容について、事細かに項目を設定するこだわり派の人もいた。

私の意見のみで企画が決まるわけではないけれど、私が『よい』と評価をすれば、それだけ企画が通りやすくなるのは確かだ。

よく考えると責任重大である。公平に、誠実に、そして正直にレビューしなきゃ。私個人の好みというよりも、大衆が使いやすいか、あるいは年齢別でシミュレーションしてみるのもいいかもしれない。

私なら、広い視点で商品を見ることができると鷹沢部長は言ってくれた。あの言葉に応(こた)えるためにも、よく考えて評価しないといけないね。

さて、驚愕(きょうがく)の日から二日経った約束の土曜日。

私は実家の最寄り駅で、鷹沢部長を待っていた。

今日、ふたりで実家に行くことは、両親には軽く説明してある。仕事で二ヶ月ほど別の場所で暮らすということ。上司と同居するということ。そして、今日その上司本人が説明に来ること。

私の説明に、両親の反応は微妙だった。お母さんは口を開けたまま『へえ～……』と相づちを打っていたし、お父さんはムスッとした顔でなにか考え込んでいた。

――やっぱり、男性と同居なんて反対なんだろうな。でも、これは仕事なんだし、同居者がどこから見てもストイックな鷹沢部長なら絶対大丈夫だろう。

ポケットからスマートフォンを取り出して時間を確認すると、午前十一時。そろそろ約束の時間だ。

部長には、駅前で待っていてほしいと言われたけれど……

私があたりを見回していると、しばらくして、一台の車が駅に近づいてきた。あまり目立たないけど、国産の高級車だ。見覚えのあるそれは間違いなく、鷹沢部長の車だろう。

私が近づいたところ、助手席のドアがカチャリと開いた。

「おはよう」

「お、おはようございます」

「車で君の家に向かうから、乗ってくれ」

「は、はい……」

おずおずと助手席に座ると、鷹沢部長は車を運転し始める。

うわ、鷹沢部長の私服姿、初めて見た。てっきりいつも通りのビジネススーツで来ると思っていたから意外だ。その姿は想像していたよりもずっと格好良くて、驚いてしまう。

初夏の季節に合った、白いリネンシャツ。軽く腕まくりした手首に嵌められたシルバーの腕時計は素敵なデザインで、いつもかっちりオールバックな髪も少しだけラフに崩している。

普段のスーツよりも薄着な姿は、鷹沢部長の無骨な体のラインを浮き彫りにしていて、不思議な色気に溢れていた。

——なんだろう。初めて私服の鷹沢部長を見たからか、妙にドキドキしてしまう。体も熱くなってくる。こんなに格好良いだなんて、反則だ。いや、鷹沢部長は元の顔がいいから、当然私服姿も素敵だろうけど。

って、そういえば、鷹沢部長の意外な姿に圧倒されてそれどころじゃなかったけれど、今、敬語じゃなくて普通に話していた？

「あの……部長？」

「なんだ？　今は勤務時間外だから、部長と呼ぶのはやめてほしいんだが」

「えっ、あ、すみません。じゃあ、鷹沢さん……」

「これから夫婦という設定でしばらく一緒に暮らすというのに、苗字で呼ぶのか？」

「ええっ⁉　じゃ、じゃ、じゃあ……なんとお呼びすればいいのでしょう？」

会社で見ている鷹沢部長……いや、鷹沢さん？　と、口調も雰囲気も違いすぎて慌ててしまう。確かに今日は休日だし、外で部長呼びはおかしいかもしれないけど、なんだかやけに押しが強いような？

それに、私は鷹沢部長って呼ぶのが当たり前だったから、下の名前とか……覚えてない。

「稔（みのる）、だ」

前を向いて運転をしながら、はっきりと、彼は名前を口にした。

「み……稔さん」

鷹沢稔。稔さん。

名前で呼ぶと一気に距離が縮まった気がして、恥（は）ずかしくなってしまった。私、こんな調子で彼と同居なんてできるのかな。不安になってきた。

「君は雛田七菜。……七菜と呼んでいいか？」

「は、はい。い、いいですけど」

低く通る声で名前を呼ばれて、私の胸の鼓動はいっそう激しさを増す。

心の中がせわしなくざわめいて、私は戸惑いを覚えた。

――どうして？　こんな気持ち、初めてだ。

「七菜の家は、この国道沿いをしばらく走って、コンビニのある交差点を右に曲がり、小さな公園を通り過ぎた後、角を曲がった北側にあるんだったな」

「そそそうですけど。なんでそこまで詳しく知っているんですか⁉」

できる上司は部下の住所まで覚えているのか。……え、まじで？　世の中の上司って、皆そんな感じなの？　そんなわけないよね⁉

「七菜は俺の部下なのだから、緊急時に備えて住所を把握するのは当然だろう」

当然。そっ、そっかー、やっぱり当然なんだ……

「部長って、すごいですね」

「このくらいは普通だ。さあ、ついたぞ」

ゆるやかに車が停まる。気づけば、車は家の前についていた。

私が住む街は、都内だというのにのんびりとしたスローライフな雰囲気に溢れている。都心から電車で一時間も走ると、東京とは思えないほどの田舎が広がっているのだ。

「車はどこに停めたらいい？」

「あ、どこでもいいです。このへんは全部うちの敷地なので」

農業を営む我が家は、自慢じゃないけど土地が広い。全体の八割が田んぼと畑なので、本当にまったく自慢にならないのだが。

我が家は曾祖父の時代に建てられた古い平屋だ。一応、ところどころ修繕を重ねているので住みやすくはなっているけれど、パッと見はとてもオンボロである。

だからちょっと恥ずかしくて、あまり稔さんは連れてきたくなかったんだけど、仕事だし仕方ないよね。

私は玄関の引き戸を開けて、声を上げた。

「ただいま～」

「おかえり～！」

廊下の奥からぱたぱたと足音が聞こえる。うちの玄関ホールはこれまた無駄に広くて、なんのためにあるのかよくわからない、松の木を磨き上げた大きな衝立が目の前にデーンと置かれていた。そして、飾り棚には木彫りの熊やら赤べこやら、曾祖父の時代から旅行先で購入した謎の置物がいっぱい並んでいる。

「いらっしゃい。奥に入ってちょうだい」

やってきたのはお母さんだ。私は靴を脱ぎ、稔さん用のスリッパを用意する。

「お父さんもいるんだよね？」

「もちろんよ。それにしても～……」

お母さんはまじまじと、玄関に立つ稔さんを見つめた。頭の先から靴の先までゆっくりと視線を動かして「はぁ～」とため息をつく。

「七菜……、あなたまた、すごい上玉を掴んだのね」

「上玉(じょうだま)って言うな！」

「初めまして。七菜さんの上司を務めております。鷹沢稔と申します」

稔さんが深々と挨拶(あいさつ)すると、お母さんは「まあまあ」と、両手を合わせてニコニコと微笑んだ。

「どうぞ、立ち話もなんですから」

「はい。失礼致します」

靴を脱いでスリッパに履き替えた稔さんを連れて、母の先導で廊下を歩く。やがて居間の扉を開けると、父が畳の上にのっしり座っていた。

一見すると厳(いか)つい人である。体が大きくて、ゴリラみたいな人だなあと子供の頃から思っていた父親だ。とてもパワフルで、米俵(こめだわら)くらいなら片手で持ち上げてしまう。趣味は筋トレ。そして毎週末、街の消防団長として夜間パトロールをしている。

そんなお父さんは、ギロリとこちらを睨(にら)んだ。

――えっ、もしかして、怒ってる？　今回の同居仕事について、まさかの大反対とか……？

こんなに怖い顔をしたお父さんは初めてで、私はおずおずと畳に座った。

隣に稔さんが正座をして、手に持っていた紙袋からふたつの品を取り出して目の前に置く。

「初めまして。先にお近づきの印として、こちらをお納めください。日本酒と鯖寿司です」

「むっ……!?」

お父さんの目がギラリと底光りした。そして早速、日本酒の箱を開ける。

「こ、これは……！　俺がこの酒が大好物だと知って、わざわざ取り寄せてくれたのか!?」

「はい。淡麗かつ辛口の地酒が好きだとお聞きしました。お母様は、鯖寿司がお好きだそうで、こちらは京都から取り寄せた一品になります」

「まあ！　有名な料亭の鯖寿司じゃないですか。わあ、ありがとうございます！」

両親はあっさり稔さんに買収されてニコニコした。半端なくちょろいよ、両親！

それにしても、私は一言も稔さんに両親の好みなんて話してないけど、どうやって知ったんだろう。部長クラスになると、部下の両親の好物を把握しておくのも常識なのだろうか。

「本日は突然お邪魔してすみません。七菜さんから話は聞いていると思いますが、まずは私から説明をさせてください」

稔さんはきっちりした正座を崩すことなく、真面目な顔で話し始めた。

「実は、私の父はハバタキユーズの社長をしておりまして、私も将来は父の跡を継ぐべく、今は開発部の部長として日々勤しんでおります」

「まあ……社長の息子さんだなんて、すごいですね〜」

お母さんが目を丸くして驚いた。私もぽかんと口を開けて、隣に座る稔さんを見上げる。

――前から社長子息って噂は聞いていたけど、やっぱり本当だったんだ。

うーん、ますます仕事とはいえ私なんかが同居していいのかなと思うんだけど……

「それで、今回の業務内容につきまして、今よりも素晴らしい商品を開発するために、七菜さんには商品テスターとして私と夫婦という体で共に暮らしてもらいます。七菜さんには快適な毎日を送ってもらえるよう、私は努力を惜しまないつもりです。どうかご許可を頂けないでしょうか」

稔さんは会社でいつも見ている真面目な顔つきで、まっすぐに両親を見つめた。

両親はお互いに顔を見合わせ、こくりと頷き合う。

そしてお母さんがニッコリと笑って、パンと手を叩いた。

「もちろん、こちらはかまいませんよ。むしろ、どうぞどうぞって熨斗つけてあげちゃいたいくらいです!」

「お、お母さん、そこまで言う!?」

私が慌てて非難すると、腕を組んだお父さんが厳かな口調で言った。

「どうせなら、そんな契約じみた話でなく、本物の夫婦を目指してくれてもいいくらいだ」

「お、お父さんまで、なに言ってるのー!?」

――けっ、結婚を前提とか。本当にやめてほしい。なんでそんなに乗り気なのだ。

「だって大企業の社長子息なんて超優良物件じゃない。しかも、とても真面目で誠実そうなお方だわ。七菜がこんな人を連れてきたのなら、手放しで喜ばないほうがおかしいでしょ？　ここでゲットしない手はないわ！」

「本人を前になに言ってるのー!?　仕事！　これは仕事だから。夫婦っていう設定で商品をテストするだけなの！」

「いいじゃないか。仕事は仕事としてしっかりやりながら、ついでに愛も育んだら。稔君はまさにカモがネギしょってきたような男じゃないか。うまくすればコレも期待できそうだし」

「お父さん、指でマルを作らないで！　品がなさ過ぎるからー！」

もうヤダ。うちの両親は終始こんな感じで調子がいいから、稔さんは連れてきたくなかったのだ。いい意味でも悪い意味でも庶民的だし、基本的に雑草根性というか、言い方を変えると大変あつかましいので、洗練された世界に住んでいそうな稔さんとは徹底的に相性が悪いと思う。いや、こういう風に明るくてなんでも話してくれる両親だからこそ、私も救われてきたところはあるんだけど。

稔さんは、私達親子の騒ぎをずっと黙って見ていた。やがて、ゆっくりと口を開く。

「それでは、せっかくなのでお言葉に甘えさせて頂きます」

「えっ？」

私は思わず稔さんに顔を向けた。彼は平然とした顔つきで、眼鏡のフチを光らせる。

「これからの二ヶ月の同居は、結婚を前提とした、期間限定の夫婦生活とさせてください。そのほうが、私としても話が早くて助かります」

「ななな、なにを言ってるのですか、稔さん!?」

両親に感化されて、稔さんまでおかしくなってしまったのだろうか。私が『気を確かに持って！』と、稔さんの目の前で手をヒラヒラ振ると、その手首をグッと掴まれた。

「好きだ。ずっと前から君が好きだったから、問題はまったくない」

「…………」

茫然と、稔さんを見つめる。向かいでは両親が「ヒューヒュー」とか言ってるけど、まったく頭に入ってこない。

「ずっと、どうやって君に想いを告げようか悩んでいた。こんな俺では好きになってもらえないだろうと。しかし、ご両親が前向きに考えてくれるのなら、俺も考えを改めたい。七菜、どうか俺の気持ちを受け入れてほしい」

「う、受け入れろって言われても、こ、困ります。私が……好き、だなんて嘘でしょ？だって、入社してからずっと……」

私は困惑して俯いた。

稔さんは、基本的に誰に対しても厳しい人だけど、私はとにかく、なにかあるたび稔さんに怒られていた。

図面がちゃんと引けていないとか、ミーティングの議事録が不十分だとか。とにかく頻繁に注意されていて、いつも同僚や先輩になぐさめてもらっていた。だから私はずっと稔さんに嫌われているんだと思い込んで、落ち込んでいたのに。

なぜだ。どうして？　ああもう、全然話についていけない！

「七菜、難しく考えなくていい」

「そう言われても」

私の手首を握ったまま、稔さんが言葉を続けた。

「この機会に、君も俺のことを考えてみてほしいんだ。試用期間だと思って、俺が君の夫にふさわしいかどうかを、試してくれ」

「そ、そんな、自分を試作品みたいに言わないでくださいよ～！」

私の絶叫にも似た非難の声は、儚くも初夏の風と共に流されたのだった……

なんだかよくわからないうちに、えらいことに巻き込まれてしまった気がする。

ぼんやりと会社のデスクを見つめて、私は長いため息を吐いた。そうして、この一週間のことを思い出す――

私の両親への挨拶（あいさつ）という大イベントが、台風のように過ぎ去った次の日、早速私の引っ越しが始まった。

そして私の私物は一切合切（いっさいがっさい）、あのモデルハウスのような家に移動させられて、心の準備もないままに稔さんとの共同生活が始まってしまったわけだけど……

「そうは言っても、いきなり夫婦らしくなんて、無理だよね」

ぽつりと呟き、仕事の続きを再開する。

――あれは、共同生活開始、一日目のことだった。

朝、実家ではない真新しいベッドで目覚めた時は、なんとも言えない違和感が満載だった。すべての事象が早送りのように進んでしまったせいで、自分の脳が、まだ現実を受け入れていなかった。

ボンヤリしながら一階に下りて、あくびをしつつリビングの扉を開けたら、そこではビシッと髪を整え、パリッとビジネススーツを着ている稔さんが、コーヒーを淹（い）れていた。

『おはよう』

その一言で、急激に目が覚めた。

『朝食は和食にしたが。コーヒーは食前と食後、どちらに飲む？』

『あ、あ、あ……あ？』

語彙力が一瞬で破却された私は、自分のぼさぼさの髪とノーメイクの頬を交互に触った。

『君は寝る時、パジャマを着るんだな。いちご柄が、とても似合っている』

『い、ちご……』

私は髪を掴んだまま、自分の着ている服を見た。赤いいちごがたくさんプリントされた白いパジャマ。

『……！　ちょっ、ちょ、ジャストアモーメントー!!』

私は瞬時に胸を腕で隠し、ばたばたとリビングから逃走した。

なんてことだ！

パジャマ姿を見られたのも、ノーブラなのも、メイク前のすっぴんなのも、髪をセットしていないのも、なにもかもが恥ずかしい。全日本羞恥心選手権があったら、間違いなくトップに躍り出るレベルだ。

ふたり暮らしっていうことは、そういうことなんだと、ようやく私は理解した。こういう姿を見られるのは、両親ならなんでもないことだけど、相手が稔さんなら話は別だ。

これはもう、朝からまったく気が抜けない。

ちなみに、稔さんが作ってくれた朝食はめちゃくちゃ美味しかった。温かいあさりの味噌汁に、ふわふわのだし巻き玉子。香ばしい焼き鯖に、サラダまで。文句なしの百点満点である。

それに比べて私は、朝から家事らしいことをなにもしていない。せいぜい食器を食洗機につっこんでボタンを押したくらいだ。

ハバタキユーズの社長子息で、仕事が完璧にできて、頼りがいがあって、お顔が素敵で、スタイルもよくて、料理が上手って、どんだけパーフェクト超人なのだろう。

ご飯が美味しすぎて、無言で食べきってしまったけど、ちゃんと『美味しい』って言えばよかった。言うタイミングを逃したまま出勤時刻になってしまって、そんな日々をもう一週間も過ごしている。淡々と、淡々と、会話らしい会話もなく。

「このままじゃ、いけないよね……」

チラ、と横目で部長席を見る。今日、稔さんは会社にいない。朝礼を終えた後、製造工場のある地方に出張したのだ。日帰りで、帰りは駅から直帰するらしい。

このままではいけない。

ずっと思っていたことだ。このままだと、まったく仕事にならない。

私の仕事は、あの家にある生活用品について夫婦で使う想定でレビューすること。今週末には、ある程度の報告書を提出しないといけないし、そのためには、稔さんと夫婦として協力し、意見を出し合わないといけない。

いつまでも緊張していたらダメだし、怖がっていてもダメだ。

それに私は決めたじゃない。稔さんと一緒に暮らすことで、男性への恐怖心を克服しようって。

自分が変わりたいと思っているんだから、ちゃんと向き合わないと。

「そうだよ。ちゃんと話し合わなきゃ」

相手は鬼侍だし、見た目はすごく怖いけど、誠実そうだし、なにより真面目だ。

「それにすごく格好良いし、スーツ姿が似合って、家で上着を脱いだネクタイとワイシャツ姿とか、めちゃくちゃ色っぽくて……うぅっ」

稔さんの、あの姿を思い出すと、いつも胸の鼓動が激しくなる。慌てて首をぶんぶん横に振って、彼の姿を頭からかき消す。

会社でも家でも基本的にきっちりしている稔さんだけど、やっぱり家に帰ると少しは気持ちがリラックスするのか、心なしか表情がゆったりしている。その、ほんの少し疲れたような、気の抜けた顔には非常に色気があって、私は直視できないほどドキドキしてしまうのだ。

男性と一緒に暮らすというのが、こんなにも気が気じゃないなんて！

全然知らなかった……。一応これでも、過去に男性とつきあったことはあるのに、あの頃は全然そんな気持ちにならなかった。

ということは、やっぱり稔さんが特別なの？

そう考えた途端、冷めかけていた熱がふたたびぐんぐんと顔に上がって、デスクに肘（ひじ）をついて頭を抱えてしまう。

そんな。気のせいだ。だ、だって、まだ一緒に暮らして一週間だし！

でも、稔さんは……私が好き……なんだよね？

「いや、それが一番謎なんだけど！」

ぶつぶつ、ぶつぶつ。

今日はやけに独り言が多い。悩みが多いからだな、うん。

とにかく。いつも美味しい朝食を頂いているのだから、今日くらいは夕食は私が作ってお返ししよう。そして今後のことについて、ちゃんと相談しよう。

相手は鬼でもモンスターでもない。言葉が通じる人間なんだ。

我ながらすごい無理矢理な納得のしようだと思いつつ、私はいつも通りの雑務を片付けるのだった。

終業時刻のチャイムが鳴って、自分のデスク周りを片付ける。同じように帰り支度を

し始める同僚や先輩に挨拶して、私は足早に会社を後にした。

うちの会社は基本的に私服で、制服はない。男性社員はビジネススーツが圧倒的に多いけど、女性社員は割と好きな服を着ている。さすがに奇抜な服の人は少ないが。

今、私が着ている服も、白い襟シャツに、ベージュのスキニーパンツというシンプルな装いである。こんな感じでも許されるのは、ハバタキユーズのいいところかもしれない。

まあ、噂によると、めちゃくちゃファッションチェックが厳しくて、女性同士のマウント争いが激しいという地獄みたいな部署もあるそうだけど……少なくとも開発部は平和である。きっと、そういう不毛な諍いを許さない雰囲気満載な稔さんが部長だからだろう。喧嘩するヒマがあるなら、企画のひとつでもあげてください。とか、冷徹に言いそうだ。

家に帰るのに、実家だったら一時間かかっていたけれど、今住んでいる家は電車に乗ってひと駅。会社に近いのは純粋に嬉しい。

家に帰る前に、駅前のスーパーに寄る。

そういえば、稔さんはなにが好きなのかな？　あの調子だと好き嫌いなんてなさそうだけど。逆に、そんな可愛い弱点でもあったらいいのに。

ま、私の作れる料理なんて大したものではない。稔さんの作る朝食より大分グレードダウンしちゃうけど、そこは我慢してもらおう。

世の中には、私のようにあまり料理しない人間でも、なんとか人並みに作れる便利なものがたくさん売っている。

そのひとつがこれ！　炒めた野菜とお肉にかけるだけで本格中華料理ができあがる、魔法の液体！　調味料などが全部袋に入っているので、計る必要もない。パッケージの裏面に書いてある通りに作ればＯＫというしろもの。

お味噌汁くらいなら作れるので、オーソドックスにワカメと油揚げにしよう。それから副菜にはなにがいいかな。メインが中華だから、春雨（はるさめ）サラダなんて合いそう。これも簡単だし、材料さえ買えば大丈夫だ。

必要なものを買い揃えて、家に向かう。すでに合鍵をもらっているので、私は玄関の鍵を開けて中に入った。

「ただいま……って言っても、誰もいないよね」

実家なら家族がいる。台所から美味しそうな匂いが漂って、お母さんが「おかえり〜」って出迎えてくれる。でもここには、私と稔さんしかいない。

「う〜、本当に大丈夫かな。やっぱり私、大変なことをしでかしている気がするよ……」

男性とふたり暮らしなんて初めてだし、どうしても緊張してしまう。

だ、だが。仕事だもん。頑張らないとね。

先日稔さんに言われた『七菜が好きだ』という爆弾発言は、後で本人に問い詰めるとして、まずは夕食を作ろう。

「そうだ。どうせだから、試作品や発売済みの製品も積極的に使ってみよう」

そもそも、そのために住んでいるんだしね。

キッチンには、ハバタキユーズ製の調理道具が揃っている。私は野菜のカットに自社のチョッパーを使ったり、新製品のフライパンやトングで料理を作った。

そして炊飯器が炊き上がりのアラームを鳴らした時——

「ただいま」

稔さんが帰ってきた。リビングの扉が開いて、ビジネススーツ姿の彼が現れる。

「おっ、おかえりなさいっ」

ぴっと背筋を伸ばして、緊張しつつ声をかけると、稔さんは私をジッと見て頷いた。

「夕食を作っていたのか」

「ハ、ハイ。たいしたものは……つ、つくってない、ですけど」

しゃもじを両手で持って、たじたじと答える。

——ああもう、怖がっちゃダメなのに。やっぱりコワイ。立ってるだけで無視できない威圧感があるし、顔は無表情だし、眼鏡をかけた目は余計に冷たく見えてしまう。

「着替えてくるから、少し待ってもらえるか？」

「だ、大丈夫です。はい」

ぎくしゃくと頷き、ふたり分のお茶碗を戸棚から取り出す。

——うう、緊張するなあ。ずっとこの調子だったら本当に困る。

私がお茶碗にごはんをよそい、お味噌汁を椀に入れた頃、二階で着替えを済ませた稔さんが戻ってきた。

「中華料理か。七菜の料理は凝っているんだな」

「ちがっ！　ちがうんです……これはその、半分レトルトみたいなお料理で……」

エプロンの裾（すそ）を握って説明する。

「私、料理はそんなに得意じゃなくて、稔さんの朝ごはんみたいな立派な料理は作れないんです。せいぜい、材料を切って炒めたり、混ぜたりするくらいなんです」

なんだか言ってて情けなくなってきた。もっとお母さんのお手伝い、積極的にするべきだったなあ。いや、もっと言えば料理教室でも通っとけばよかったかも。

私がへこんでいると、頭にぽん、となにかがのせられた。思わず顔を上げると、それは稔さんの大きな手だった。

どきん、と大きく胸が高鳴る。

乾いた手は、優しく私の頭を撫（な）でて、それがあまりに気持ちがよかったせいか、緊張していた肩の力がゆっくりと抜けていった。

「そんな顔をするな。君は俺のワガママに巻き込まれているだけなんだから」

「稔さん……」

「夕食、頑張って作ってくれてありがとう。俺には、とても美味しそうに見える」

「は、はいっ！　それはもう、絶対美味しいですよ！　だって半分レトルトですから！」

レトルト食品の味に失敗はないのだ。多分。

私がこぶしを握って自信満々に言うと、稔さんの眼鏡の奥にあるつり上がった目尻が、ゆっくりと下がった。

そして、思わずといった様子で、口の端(はし)をくっと上げる。

「あれ……もしかして、今、笑いましたか？」

「ああ。七菜がとても可愛かったので、つい笑ってしまった」

かわっ……

今なんか稔さん、さらっとすごいこと言わなかった!?

自分の顔に、かーっと熱が上がっていく。

「と、と、と、とりあえず、冷めないうちに食べましょう。わ、私から、ちょっと、稔さんに相談したいこともありますし……」

「ああ、わかった」

大きなダイニングテーブルに、私と稔さんは向かい合わせになって座る。そしてお互いに手を合わせて「いただきます」と食べ始めた。

「うん、美味しい。この春雨のサラダは君の手作りなのか？」

「はい。それは混ぜるだけですし、野菜はハバタキユーズのみじん切りチョッパーを使って調理してみました」

「ああ、使ってくれたのか。使い勝手はどうだった？」

「切るのが早く済むのはとてもいいんですけど、刃の付け替えがちょっと面倒なのと、使い終わって刃を外す時、手が切れないように注意しなければいけないところが気になりましたね」

「ああ、そこは開発当時から声が出ていたんだが、コストの問題で諦めざるを得なかったんだ。もう少し刃の着脱がスムーズになると使いやすいかな」

ふむふむと稔さんは頷きつつ、もぐもぐと春雨サラダを食べる。

「朝、キャベツをカットする時に同じチョッパーを使ったんだが、俺が使うのと、君が使うのでは、まったく感想が違う。やっぱり、七菜と一緒に住んでみてよかった」

満足そうに言って、次に味噌汁を飲む。

「美味しい。七菜は料理が上手だな」

「ええっ!?　そ、そんなことないですよ。た、単なる味噌汁ですから」

唐突な褒め攻撃に焦りながら、私も味噌汁を飲んだ。……うん、なんの変哲もない味噌汁だ。褒め要素なんてひとつもない。出汁だって、粉末和風だしを使っているし。

「そんなことはない。七菜の料理には可愛げがある。味気ない俺の料理とは、まったく違うぞ」

「かわい……げ？」

可愛げがある料理なんて言われたのは初めてだ。それは褒めているのだろうか？

「更に言うなら、優しさや温もりもある。俺には縁のなかったものだから、新鮮で……、嬉しい。七菜の作った料理を食べられるなんて、世界で俺以上に幸せな者はいないだろう」

「へっ……」

ぽろりと箸が落ちた。

無表情で、淡々と、なにを仰(おっしゃ)っているのか⁉

もぐもぐとおかずを咀嚼(そしゃく)した稔さんは『どうかしたか？』と言いたげに首を傾げている。

――まっ、まさかだけど、稔さんって、もしかして天然さんなの？

自分が口にした言葉がどれほどの破壊力を持っているか、まったく自覚していないんだ。

私の顔は真っ赤になっているだろう。だって、私の料理が優しいとか、温もりとか、幸せだとか、う、嬉しいけど、嬉しいけど、こんな半分レトルト料理で、そんなこと言われても困る！

これがイヤミだったら、どれだけマシだろう。けれども、彼の誠実な性格から、そんなことを言うとは思えない……ということは、本心なんだ。

——うう、嬉しいけど、恥ずかしい。私、もっとお料理頑張らなきゃ……

「七菜は確か、辛い料理が苦手だろう。中華料理は大丈夫なのか？」

「あ、それは料理によります。今日作ったみたいな甘酢あんかけは大丈夫なんですけど、麻婆豆腐とか、担々麺とかは苦手なんです」

顔に上がった熱で、てんてこ舞いになっていた私は、慌てて答える。

「なるほど。甘党の七菜らしい答えだ。今朝、俺が作った卵焼きの味はよかったか？」

「はい！　甘めの味付けで、とっても美味しかったです。そうそう、私、ちゃんと稔さんに美味しいって言ってなかったので、今言えてよかったです」

私が笑顔で言うと、稔さんは目を細めて微笑んだ。

ドキン。

胸が大きく高鳴る。

稔さんの笑顔って、本当に素敵だ。優しくて、穏やかで、頭の中がほわほわ小春日和になってしまうような、癒しがある。

会社では常に無表情だから知らなかった。こんな笑顔を隠し持っていたなんて、なんだかもったいない。でも、私しか知らない……と思うと、胸の鼓動がばくばくと、いっそう強く音を立て始めた。

息苦しいくらい。どうして？　私……稔さんの一挙一動に動揺している。

……ん、でも、ちょっと待って？　どうして稔さん、私が辛いの苦手だとか、甘党だって知っているんだろう。そんなの、話したことはないのに。

自分の心を落ち着かせるためにご飯を食べて、咀嚼する。

半分レトルトの中華あんかけを食べて、首を傾げた。

「どうかしたか？」

「あ、いえ、なんでもないです」

味噌汁を飲んで、首を横に振る。きっと、私の食の好みは、先輩や同僚から話を聞いたのだろう。

私達は滞りなく食事をして、一緒に片付けをした。自社製の食洗機もあるし、稔さんも手伝ってくれたので、あっという間だ。ついでにお風呂も掃除して、お湯を溜める。

さて、そろそろちゃんとお話をしなきゃ。

「み……稔さん！」

「なんだ。風呂は先にどうぞ」

「あ、ありがとうございます。じゃなくて！　あの……ちょっと、相談があるんです！」

脱衣所で、ポンとバスタオルを渡された私は、慌てて話す。

「相談……。ああ、君が普段使っているシャンプーのことか？　それなら、ある程度買い置きをしているぞ。確か、このメーカーを使っているんだったな？」

「そうです。このシャンプーとコンディショナーのセットが一番私の髪に合うんですよね～……でもなく！　っていうか、なんで私が愛用しているシャンプーを知ってるんですかっ」

さすがにそんなことまで同僚や先輩には話していない。

すると稔さんは、少し困ったように目を伏せた。

「そうだな。さすがに気になるか。やはり説明するべきだな」

「いえ、それよりも先に私の相談を聞いてください。仕事のことなんですから」

仕事、と言うと、稔さんはスッと姿勢を正した。さすが仕事人間の部長である。纏う雰囲気もピリッと引き締まった。

「では、リビングで話そうか」

「はい」

稔さんの先導でリビングに戻ると、彼はキッチンに立って湯を沸かし始めた。

「ソファに座って待っていてくれ。紅茶を淹れよう」

「あ……お気遣いくださり、ありがとうございます」

リビングの南側には、ゆったり座れるソファがある。そこに腰掛けると、しばらくして稔さんが紅茶の入ったティーカップをふたつ、盆にのせてやってきた。

「熱いから気をつけるように」

「はい。……これって、もしかしてロイヤルミルクティーですか？」

「ああ。好きだろう？　角砂糖を三つ入れてあるが、もっと甘くしたいのなら、足すといい」

盆の上には角砂糖が入ったガラスボトルも置いてあった。

甘さはこれでちょうどいいけど、どうして私がロイヤルミルクティーが好きなことを知っているんだろう？

うーむ。なんだか稔さんって、めちゃくちゃ私のこと知っている気がする。できる部長は洞察力が半端ないのだろうか。私のデスクに、よくロイヤルミルクティーのペットボトルを置いてるところを見られていたのかな。

「それで、相談とは？」

「あ。えっと……どう言えばいいのか、自分でもよくわかっていないんですけど――」

頭の中で言葉を選びつつ、私は説明を始めた。

「なんだか勢いのままに始まってしまった共同生活も一週間が過ぎましたが、正直言って私達、夫婦って感じ、全然しないですよね？　もっとも、そういう設定なだけですけど……。こんな状態で、きちんとテスターとしての役目を果たせるのか心配になっていまして」

甘いミルクティーを飲んで、俯く。

そう。私は、夫婦とはどういうものか、まったくわからない。単なるシェアハウスと、夫婦として暮らすのは、どう違うんだろう？

「それに、実を言うと私、稔さんがちょっと怖いんです。あ、稔さんだけが怖いんじゃなくて、全体的に男性が苦手でして」

稔さんを傷つけないようにフォローしつつ、優しいベージュ色のロイヤルミルクティーを見つめた。

「あの、前にうちの実家で、稔さん、私のことが好き……とか、言ってましたよね？」

「ああ、言った」

「改めて聞きますけど、冗談……じゃないですよね？」

顔を上げると、隣に座る稔さんが、じっと私を見つめていた。

「冗談に聞こえたのなら申し訳ない。もっとしっかりと自分の想いを伝えるべきだったな」

「い、いいえ、稔さんが冗談を言うような人だなんて思っていません。でも、理解が追いつかないと言いますかっ」

首を横に振って否定してから、私はゆっくりとロイヤルミルクティーを飲む。

甘い。私好みの甘さだからかな、少しだけ心が落ち着く。

「私、ずっと、稔さんには嫌われているって、思っていたんです」

好意を向けられているなんて、まったく感じなかった。同僚や先輩に慰められるくらい、稔さんは、いや、鷹沢部長は、私に容赦なかった。

「私がどんくさくて、仕事が遅くて、しかも満足な完成度にできないから、稔さんを苛立たせているんだって。開発部に向いてないのかな……って考えていたんです」

「七菜、それは違う。違うんだ」

稔さんが、カップを持つ私の手首を掴んだ。ちゃぷんとロイヤルミルクティーが波打つ。

「始めから話そう。君が開発部に配属された日、俺は君を見て、衝撃を受けた」

「しょ、衝撃」

そんな風に言われたのは初めてだ。

昔、ひとりだけ男性とつきあったことがあったけれど、その人には『君、可愛いね』と声をかけられたんだっけ。今思うと、出会った女性皆に同じ台詞を言っていたんだろうな。

「実は、俺は今まで、あまり女性に興味を持つことができずにいた。恋愛感情が理解しがたく、俺の情熱のすべては仕事――商品開発に注がれていたんだ」

それは、なんとなくわかる。

だって稔さんの商品開発に対する気迫って、まさに『鬼侍』だもの。使いやすさとコストパフォーマンスの追求という信念がひとつもぶれることなく、ストイックかつ妥協を許さない。そんな稔さんの努力は常に売り上げという形で結果を出し、大きな数字をたたき出している。その下で働く私達開発部は、毎日ひいこらと必死で部長についていっているのだが、それくらい稔さんの仕事にかける熱意はすごい。

「だが、七菜に出会った瞬間、頭の中で雷鳴が轟いた」

「雷鳴が、轟く」

「初めての感覚だった。俺はおかしくなったのかと焦った。七菜の可愛らしい顔や、守りたくてたまらなくなる小柄な姿、ふわふわと揺れる髪、すれ違った時の匂い、はきはきと一生懸命しゃべる声、初めての仕事でも必死に覚えようとする努力家なところ、君のさりげない仕草すべてが、俺に衝撃を与え続けた。動悸は激しさを増す一方で、仕事もそこそこに君のことを考えてしまう。こんなこと、今までになかった」

今の長い台詞を一呼吸で言い切った稔さんに、私は若干体を引いた。

「は、はい」

「七菜を知りたいという好奇心が止められない。俺の興味は仕事だけだったのに、君が一番気になった。だから俺は……」

私の手首を掴んだまま、稔さんの冷たい瞳が底光りする。めちゃくちゃ怖い。

「――七菜の研究を始めたんだ」

「けんきゅう？」

はてな、と首を傾げる。七菜の研究ってなんだ。私を研究していたということ？

「研究テーマは『なぜ俺は雛田七菜に惹かれるのか？』だった」

「タイトルまであったんですね」

我ながら間の抜けたコメントをしてしまう。だって、それ以外に言葉が思いつかない。

稔さんは、厳かに頷く。

「七菜のルーツである家族から調査を始め、君の生い立ち、体形の寸法、嗜好と苦手な食物、愛用の日用品、思いつく限りの個人情報を集めたんだ」

「え」

自分で出したとは思えないくらい、低い声が出る。

こ、これは、わりとドン引き案件？

「しょっ、しょしょしょ、しょんなことをしていたのですか？」

戸惑いのあまり、うまくしゃべれない。

ていうか、原因はそれか！　うちの実家の住所を把握し、両親の好みを掴み、私が辛いものが苦手で甘党だとか、愛用しているシャンプー、コンディショナーのメーカーとか、ロイヤルミルクティーが好きだとか。全部、その『研究』の成果だったのだ。

えっと、これは怒るべきか、それとも感心するべきか。

あまりに驚きすぎて、見当違いなことを考える。

「七菜に気づかれないように後をつけるのは、あまり苦労しなかった」

「まったく気づきませんでしたよ……っていうか、それストーカー行為ですよね？」

「結果を見ればそうだな」

まさかの開き直りですか⁉　ストーキングを認めるストーカーなんて初めて見た！

しかもなぜか堂々としていて、ちっとも罪深さを感じていないところが逆にすごい！

「時に、君はもう少し周りに注意したほうがいい。女性である上、通勤に一時間もかかるというのに、警戒心がなさ過ぎる。後をつける俺のほうが心配したくらいだ」

「ストーカーから注意を受けてしまう日がくるなんて……」

がっくりと肩を落とす。これからは周りに気をつけよう。どこに稔さんが潜んでいるかわからないし。

「だが、かき集めた七菜のデータを検証しても、まだ俺には七菜に惹かれる理由がわからなかった。どうしてこんなにも君が気になる？　君が特別だからか？　では、なにが特別なのか。今まで向けていた情熱を、どうしてすべて君に向けてしまうのだろうか？　俺は一週間ほど考え続けた」

「はあ、一週間も……お疲れ様です……」

もはや怒る気も失せてしまった。どんなことにも真面目で、一切の妥協を許さない人なんだな、きっと。ストーキングはさすがにやめてほしいけど。

「七菜が、可愛い」

「……え、はい、ありがとうございます」

「目が離せない。君の一挙一動に魅力を感じる。昂る性欲が留まるところを知らない」

「あ、はい。……え？」

なんか今、すごいこと言わなかったか。性欲？

「そんな想いを悶々と抱き続けて、ようやく理解したんだ。『(可愛い＋守りたい＋傍にいたい) ×性欲＝恋愛感情』。そう、答えを得た。俺は君に恋をしていたんだ！」

一息で言った言葉に、目がテンになる。

口が大きく開いて、ポカンとした。

ええと、恋って、そういう風に自覚するものだっけ？

なんかもっとこう、ホヤホヤ～として、ボンヤリ気づく的な。少なくとも、こんな風に個人情報を集めて検証したり、方程式みたいに言葉をはめ込んだりするものではないと思うのだけど……

「七菜、君が好きだ」

両手で私の肩を掴み、稔さんが真剣な表情で告白する。

私は言葉が出ず、目を見開くばかりだ。

「俺は君を生涯の伴侶にしたい。ここまでの感情を向けられるのは、生涯において七菜以外にいないと確信したんだ。ゆえに俺は、この契約同居計画を実行に移した」

なるほど……契約同居計画……んっ？

「そそそ、それってめちゃくちゃ職権乱用じゃないですかーっ!! 涼しい顔して公私混同過ぎますよ!?」

「もちろん、七菜に商品や試作品の評価をしてほしかったのも事実だ。この計画は、そもそも君が真面目に仕事に打ち込む姿勢や、正当にレビューできる誠実さがあると確信したからこそ、思いついたのだから」

ようするに『私ならこういう仕事が任せられる＋自分の恋愛を成就させたい＝夫婦設定で期間限定同居の提案』ってことか。って、稔さんの考え方が私にも移ってるー！

「君は先ほど言っていたな。俺が君を嫌っていると思っていた、と」

「あ、はい。そうですね……」

正直、個性的すぎる告白やらストーカーのカミングアウトやらで、その件はわりともういいかと思いかけているけれど……。

「実は、君を好きになりすぎて、あらぬことを口に出してしまいそうだから口数を減らしていたんだ。君の可愛い失敗なんて目を瞑りたくなったし、質問された時は、密室に連れ込んで手取り足取り教えたくなった。だが、それはいけないことだと自分を律したあまり、必要以上に厳しくしてしまった。結果、君が落ち込むほど追い詰めてしまっていて、すまなかった」

　ぺこりと稔さんは頭を下げた。本気で悪かったと謝罪しているのだろう。

　しかし私はといえば『よかった……密室に連れ込まれなくて……』と、むしろ安堵しているので、謝られても複雑なところだ。

　でも、なるほどな～と、納得せざるを得ない。

　ずっと稔さんが私に厳しかったのは、彼の気持ちの裏返しだったのだ。恐らく鋼の意志で自分を律していたのだろう。だって、私はもちろん、同僚も先輩も稔さんの想いに気づいていないはずだ。皆して『鷹沢部長は雛田さんに特別厳しいよね』って同情してくれていたもの。

　でも、ひとつだけ言えることがある。私はロイヤルミルクティーを飲みきって、カップをテーブルに置いた。

「確かに、私は毎日のように注意されて、人事部に相談しようかなってくらいには落ち込んでいましたけど、私情で贔屓されるよりは、厳しくてよかったと思いますよ」

「そうなのか？」

「はい。だって、稔さんの指摘は全部正しかったし、厳しさがあったからこそ、私もある程度の仕事ができるようになったんだと思いますから」

「七菜……」

稔さんが、ぼうっとした様子で私の名前を口にする。

そして、額に手を当て「くっ」と辛そうな声を上げた。

「なんてけなげなことを言うんだ。可愛すぎて性欲が湧き上がる」

「性欲⁉」

「恋をする人間は大変だな。こんな欲望を理性で抑えつけなければならないのだから」

「なんか苦悩してますけど、普通の人間と稔さんはちょっと違うと思います」

私は正直に今の気持ちを口にした。どっちかと言えば稔さんは変な人だと思う。そんな事実、知りたくなかった。きっと会社の中で私くらいしか知らないだろう。切ない。

「と、とりあえず、稔さんの気持ちはわかりました！　そして、この仕事上の同居が実は私利私欲にまみれていたことも、理解しました」

「私利私欲。うん、的確な表現だな」

「自分で言わないでくださいっ！　もう……」

涼しい顔してなんて人だ。悪意がまったくないだけに、たちが悪い。

それはともかく、この人は仕事に対する姿勢も真面目だ。彼はこの同居を通じて、よりよい商品開発の結果を出そうとしている。私も開発部に貢献はしたい。となると……。

「結局、その問題に戻るんだよね」

思わず口から零れた独り言に、稔さんが首を傾げた。

「問題？」

「だから、私達、全然夫婦っぽくないですよねって話です」

上司と部下という感覚から抜け出せないと言おうか。実際、その関係なのだから仕方ないんだけど。夫婦目線の商品評価が必要なら、もう少し私は稔さんに対する気持ちを変えなきゃいけないのだろう。けれどもやっぱり稔さんは怖いし、なんか変な人だってわかっちゃったし、この人を夫と思い込むのは、なかなか難しい気がする。

腕を組んで悩んでいると、そんな私を見つめていた稔さんが、ゆっくりと口を開いた。

「つまり夫婦のようになれない原因は、七菜がまったく俺に慣れることができず、また、俺の気持ちが原因で、余計に怖くなってしまった、ということか？」

「そっ、そうですね」

私は頷いた。自分を客観視して原因解明するなんて、なかなか普通の人にできることではない。

稔さんは腕を組み、ソファに座り直して考え始める。

こんな風に難しい顔をして、長い脚を組んでいる姿はとっても格好良いのになあ……

「これは提案だが、意識的に夫婦らしいことをしてみてはどうだろう」

「ああ、それはいいアイデアですね。夫婦ってどんな感じなのか、コツが掴（つか）めるかもです！」

思わずグッと握りこぶしを作り言ってしまったが、夫婦のコツってなんだ。

「でも、具体的にはなにをするんですか？」

夫婦といえば共同作業だろうか。ほら、結婚式でよく『ふたり初めての共同作業です！』とか言って、ケーキ入刀するもんね。

共同作業かあ。ふたりでＤＩＹに挑戦してみるのはいいかもね。日曜大工用品なら、ちょうどハバタキユーズから出してるドライバーセットとかあるし……

「七菜、セックスをしよう」

「そうですねえ。セックス……せっくす⁉」

素っ頓狂な声を上げて、私は思い切り体をのけぞらせた。しかし、稔さんがズイッと前のめりになって近づく。

「もちろん、疑似的に、だ。君の気持ちを無視してコトを為すつもりはない」

「そっそそそう、そう、ですか。えええ、いや！　疑似的でも、疑似的ってどういう⁉」

頭が大混乱するままに問い質すと、稔さんはどアップのまま、真剣な表情で頷く。

「少しずつ、君に触れる。無理強いはしない。夫婦はこういうやりとりをするのだと、理解する程度の触れ合いをしようということだ」

「な、なるほど……？」

一応頭では納得したものの、あまりに奇想天外な発想すぎて気持ちがついていかない。

というか、疑似とはいえ、セックスって、「やろう！」と言われて「おうよ！」なんて即座に返答できるものだろうか。普通断るよね？

「失礼を承知で聞くが、君にセックスの経験は？」

「あっ……あり……ます」

問われるままに答えてしまったが、今、めちゃくちゃセクハラを受けたよ。

――確かに私はセックスの経験がある。……ある、けど。

自然と、自分の表情が沈んでいくのがわかった。私にとって、セックスの経験は、決していいものではなかったのだ。

「七菜？」

「あ、いえ、その。一応、セックスの経験はあります。……ダメですか？」

なぜか勝手に口から零れ出た。どうして『ダメ』なんて聞いちゃったんだろう。

稔さんは不思議そうに首を傾げる。

「俺には俺の歩んだ人生があり、君にも君が歩いた人生がある。経験豊富なのはいいことではないか？」

「えっ、あー……そ、そうですね。あはは っ、いや、経験豊富ってほどじゃないですけど」

照れ笑いして、両手を横に振る。

そうだよ。なんで『ダメ』なんだ。稔さんが言った通り、私の歩んできた人生の中で『彼』と出会ってつきあった経験は、誰かの評価にさらされて貶されるようなことではない。

……でも、そうか。なんとなくだけど、わかった。

私はあの『過去』を、消し去りたいんだ。イヤな思い出だから、忘れたいんだ。でも、私の頭は都合よく記憶を消去してくれるわけがないから、後悔している。自分の体が『彼』によって荒らされてしまったこと。……それを、うしろめたく思っていることを。

「さっきも言ったんですけど、私、男性がちょっと怖いんです」

「ああ」

「セックスも、経験はありますけど、あまり……その、いい思い出でもなくて」

なにを言ってるんだろう。恥ずかしいし、こんなことを言っても仕方ない。

私、やっぱり、無理なのかな。稔さんが相手なら克服できるかなって思ったけど、過去はまだ乗り越えられないのかな。

俯いていると、ぽん、と頭に大きな手がのせられた。

「あ……」

稔さんが、不器用そうな手つきで、私の頭を優しく撫でる。

「君の過去は知らないが、男性が苦手だとして、それでも俺と共同生活することを承諾したのは、理由があるんだろう？」

まるで、私の心を見透かしたような言葉に、自然と頷く。彼の言う通りだったから。

「稔さんは、色恋沙汰の噂話ひとつ聞かないし、仕事一筋な人だから、一緒に住んでも大丈夫かなって思ったんです。それをきっかけにもしかしたら、男性が苦手なのも克服できるかなって」

「ふむ。つまり君には、男性恐怖症を治したいという意思があるということか」

「……いつまでも、このままでいいとは思っていません」

私の過去のことは、両親も知っている。稔さんが挨拶に来て、やたらテンション高く稔さんを受け入れていたのは、そのことも関係しているんだろう。

稔さんなら大丈夫だと両親は思った。過去を乗り越えたいと思っているのは、私だけでなく、両親もなんだ。

でも、なかなか難しい。どうしても『怖い』という気持ちが拭えない。

「それなら、なおさら俺に任せてみないか？」

私は顔を上げた。目の前には、真剣な表情で私を見つめる、稔さんの姿がある。

「俺は、俺のやり方でしか君を愛することはできない。しかし乱暴にするつもりはないし、できるだけ優しく触れる。……だが、それでも無理だった場合は、別の方法を探そう」

さら、と私の髪を撫でる、稔さんの大きな手。

それだけで、不思議と心が柔らかくなった気がした。緊張で固まっていた体が、ゆっくりとほぐれていく。

……稔さんなら、痛いことをしないかもしれない。

私を、乱暴に扱わないかもしれない。

これで騙されたら、いよいよ私の心は大ダメージを食らうだろうけど、稔さんはそんな酷いことをしないという確信があった。

その理由は——やっぱり真面目な人だからかな。ちょっと変なところはあるけれど。

シン、とリビングが静まりかえる。

稔さんは黙って、私の出す答えを待ってくれていた。決して急かしたりせず、私の気持ちを尊重してくれているんだ。

——そんな人が、私を傷つけるようなこと、するはずがない。

震える手で、そっと稔さんの袖を掴んだ。彼の眼鏡がきらりと光る。

「……いや、って言ったら……やめて、くれますか？」

「ああ、すぐにやめよう」

間髪容れずに即答する。実に稔さんらしい返答だ。

私は心の中でほんの少し笑い、決意して、深く頷いた。

「ちょっとだけ……。本当に、ちょっとだけ……で、いいなら……」

まだ怖くて、すべてを許す境地には至っていない。

それでも、変わりたいと思うから――私は、稔さんの手を取ろうと決めた。

「わかった。君のペースに合わせて、君を愛そう」

優しく頬を撫でられる。彼の優しさに、私は心から感謝した。


お風呂に入って、身を清める。

私と交代する形で浴室に向かった稔さんは『俺の寝室で待っていてくれ』と言った。

稔さんの部屋って、どこだろう？

二階には扉が三つある。手前の端が私の部屋で、真ん中の部屋は家具ひとつない空き部屋だった。そして、次の扉を開けると、ベッドのある部屋だった。

ここかな？　私の部屋と比べて随分ものが少ないけど……

パチリと照明のスイッチを入れて、ゆっくりと入室する。

稔さんのベッドは、本当にここで寝起きしてるのかな？　って思うくらい、きちんとしている。いや、私の寝相が悪いだけかも。それにしても、シーツは皺ひとつなくピンと張られているし、枕の位置や布団もキチンとまっすぐだし、きっと朝に必ずベッドメイクをしているんだろう。

ううむ、想像通りの几帳面さ。そのわりには、私が片付けなどの家事をする時、特に口出しをしてこないのが不思議だ。

他に座る場所がないので、ベッドの端に座る。

……なんとなくの気持ちでＯＫしちゃったけど、大丈夫かな。

ふと、過去を思い出すと、手が少しだけ震えていることに気がついた。

「もう、三年も経っているのにな」

はあ、とため息をつく。一度ついた恐怖心っていうのは、なかなか拭い取れないものらしい。前向きな性格をしていると自分では思っていたけど、実はそうでもないのかな。

脚をぶらぶらさせて物思いにふけっていると、カチャリと静かに扉が開いた。

「あ……」

部屋に入ってきた稔さんを見上げて、私はぽかんと口を開く。

乾ききっていない黒髪は下ろされていて、普段よりも若く見える。寝間着代わりのシャツから覗く鎖骨が妙に色っぽくて、薄着だからか、彼の均整の取れた体がより引き立って見えた。

急に、自分の体が情けなくなって、胸元を腕で隠す。

「緊張しているのか？」

小刻みに震えていることに気づいたのか、私の隣に座った稔さんが訊ねる。

「それは、はい。もちろんです」

私は素直に答えた。この体を見て、彼がどんな感想を持つのか。それを想像するだけでも身が強張る。

「では、少しずつ、段階を踏んで触れていこう。照明はこのままでいいのか？」

「あ、できれば……消してください」

「わかった」

稔さんは、ヘッドボードに置いていたリモコンで、照明を消した。フッと部屋が暗くなって、私は心なしかホッとする。

カチャッと、小さな金属音がした。それは稔さんが眼鏡を外し、ヘッドボードに置いた音なのだと気づく。

そっと、肩に手が置かれた。びくっと体が震える。

――う、なにも見えないというのは、逆になにされるかわからなくて、それも不安かな。

我ながらワガママだなと思いつつ、小声で稔さんに言った。

「ご、ごめんなさい。ちょっとだけ、照明を付けてもらえると……」

「ああ、これくらいか？」

稔さんは特に文句を口にすることなく、リモコンを操作する。

――この人、本当に誠実……私に不満とか感じないのかな。私はこんなに臆病で、あれこれ稔さんに注文をつけているのに。

ぴ、ぴ、とリモコンから電子音が鳴って、天井の照明がぼんやりとセピア色になる。

「ありがとうございます……稔さん」

「問題ない。それでは、まずは肩や首から確かめていくとしよう」

なんだかお医者さんの診察みたいだ。私は、ちょっとだけおかしくなってしまう。

お風呂上がりで、まだ熱を持つ大きな手が、私の首に触れた。

「あ……っ」

びく、と体が震える。でも、嫌な感じはしない。

稔さんの手つきはとても優しくて、まるでガラスを扱うみたいに丁寧だ。

「怖いか？」

「怖い……です。でも、まだ、大丈夫です」

私が答えると、薄暗い照明の中で稔さんが頷く。

眼鏡をかけていない稔さんの顔。もう少しちゃんと見てみたいな……。でも、これ以上照明を明るくするのは恥ずかしいから、諦めよう。

人差し指と中指で、する、する、と首をさすられる。少しくすぐったい。

「んっ……」

自然と、声が出てしまった。恥ずかしくて口を閉じる。

「ふむ……なるほど。これはなかなか、難しい」

「な、なにが、ですか？」

あまり首ばかり触れないでほしい。くすぐったいのにどこか気持ちよくて、不思議な感覚に抗うので精一杯だ。

「七菜の可愛い声を聞くと、なんとも言えない興奮が主に性器へ直結し、それを自制するのが難しいな、としみじみ思ったんだ」

「そ、そういうことは、はっきり言わなくていいです！」

ぶわっと顔に熱が上がって、私は慌てて声を上げた。興奮が性器に直結とか、なにを言っているんだ。本当に稔さんって変な人！

「すまない。俺はつい思っていることを正直に口に出してしまうんだが、黙っていたほうがいいのか？」

「う……」

なかなか悩ましい問いかけだ。正直であることは嬉しいのだけど、そういうコトは黙っていてもいいんじゃないかと思うし。

「ほ、ほどほど……で？」

「わかった。ほどほどだな。……案配が難しいな。……努力しよう」

真剣に困っているのか、稔さんが小声で呟く。

「ふふっ」

思わず笑ってしまった。暗がりの中、稔さんが不思議そうに首を傾げる。

「あ、ごめんなさい。なんだか、稔さんってどんな時でもぶれないんだなあって思ったら、おもしろくて」

「そうか?」

「はい。時々いるでしょう? 車を運転してる時に性格が変わる人とか」

——セックスの時に、態度が豹変する人、とか。

心の中でつけたしつつ言うと、稔さんが「ふむ」と考え込む。

「俺は、物心ついた時からこんな性格をしていたからな」

「そんな感じがします。……でも、そのほうがいいです」

緊張に震えていた体が、ゆっくりと弛緩していく。いつでもどんな時でも変わらない稔さんの雰囲気が、私をリラックスさせていく。

「もうちょっとなら……大丈夫そうな気がします」

「わかった。では、もう少し踏み込ませてもらおう」

稔さんの手が、肩から下りる。そしてパジャマの上から、そっと胸に触れた。

勝手に自分の体が反応する。やっぱり怖いと、急に臆病な自分が顔を出す。

「あの……胸は、あの……」

「嫌だったか?」

「いえ、その、あまり好きなところじゃなくて……」

ぽつぽつ言うと、稔さんは首を傾げ、下から持ち上げるように両手で包み込む。

優しい。体が大きくて厳つい顔をしているのに、手つきは本当に丁寧で、繊細だ。

「ボリュームがあるんだな。君の体のサイズは把握していたつもりだったが、これはわからなかった」

「は、把握しないでください……。普段は、胸が小さく見える下着をつけているんです」

恥ずかしくて、早口で説明する。

そう、私は……胸が大きい。それがとてもコンプレックスだった。中学、高校と、散々からかわれたし、性的な目で見られたこともあった。電車の中で触られそうになったこともあって、それ以降は女性専用車両を選んで乗っている。

だから大学からは、胸が小さく見えるブラで締め付けていた。

それでも男性とつきあって、こういう雰囲気になれば、見られてしまうわけで。

『うわ、デカッ。エッロ……』

つきあった彼氏が言ったその言葉が、今でも忘れられない。

彼の中で、私の価値は体だけになった。愛とか、恋とか、そんなんじゃなくて、ただ触りたいから触るようになったのだ。

好きでこんな風に生まれたわけじゃないのに、大きな胸ってだけで、性的に見られる。

同性からはイヤミを言われる。こんな胸、本当に好きじゃない。

稔さんはしげしげと、パジャマに包まれた胸を見つめ、両手で撫でるように触れている。

この人にも、あの人みたいに言われたら――

「これは、所持しているデータを更新しなければ」

「えっ？」

「予想外だ。俺が目測を誤るなんて、昨今の下着補正技術は恐ろしい。できればメジャーで直接測らせてもらいたいが、ううむ……」

さわさわと私の胸を触って、なんか言っている。

私はいつの間にか目を半眼にさせて「稔さん」と低く声を出していた。

「そのデータは即刻破棄してくださいっ」

「嫌だ。断る。あれは俺のフィールドワークの成果なんだ」

「勝手に人の個人情報収集をフィールドワークにしないでくださいっ！」

もー！　心配して損した。本当に稔さんはぶれない人だ。

私がふてくされていると、突然稔さんに、優しく抱きしめられた。

「えっ……」

驚く。そんな風にされるとは思っていなかったから。

「本当に、君は、可愛いな」

「……っ」

ため息を吐くように呟いた言葉に、顔に熱が上がるのを感じた。

「君を知るたびに、思いが募る。七菜が笑ったり怒ったり恥ずかしがったり、たくさんの感情を目の前で見せてくれるのが嬉しい。ずっと、夢見ていた」

「稔さん……」

どうして？　どうしてそんなにも、好きになってくれたの？

心の中が、じんわりと温まっていく。嬉しいと、心が歓喜している。

愛してもらえるって、こんなにも幸せを感じるものなんだ。

私はそんな当たり前のことすら、知らなかったんだ。

「もっと触れたい。かまわないか？」

抱きしめながら訊ねる。

大丈夫――。大丈夫だ。私は繰り返し、自分に言い聞かせる。

この人は『あの人』じゃない。優しくて気遣いがあって、私を大事にしてくれる人なんだから。

「……はい」

心の中で何度も『大丈夫』と言いながら、私は頷く。

稔さんは小さく笑った。そして、パジャマのボタンをひとつふたつと外していく。

「七菜」

名を呼ばれて、顔を上げた。すると——

唇に、触れる。他人の唇が、重なる。

驚きのほうが先にきて、目を見開く。けれども、稔さんの口づけはあまりに自然で、心地よかった。目を閉じてその唇の感触を味わってしまうほどに。

触れあうような口づけは何度も続いて、私の上唇を食むように、唇に吸い付くように、様々な角度でキスが落とされて。

私の体は、ゆっくりとベッドに押し倒された。

開かれたパジャマ。稔さんはじかに胸に触れる。脇から両手で持ち上げて、その柔らかさを確かめるように、指先をばらばらと動かして揉まれる。

「んっ……」

私の顔は、きっと真っ赤になっているだろう。照明を暗くしてもらってよかった。

恥ずかしい。……でも、嫌じゃない。

「柔らかくて、気持ちがいいものだな」

稔さんが素直な感想を口にする。ふふっと、私は笑ってしまった。

「触るのが、気持ちいいんですか？」

「ああ。ずっと触っていたいくらいだ。でも、それ以上に——」

さわさわと、下胸を撫でる。くすぐったくて、身をよじってしまう。

「君を、気持ちよくさせたい」

「あ……。んっ」

唇を重ねる。さっきよりも深く、呑まれてしまうようなキス。

こんなにも気持ちがいいキスは初めてで、私はうっとりと身を任せてしまいそうになる。

たっぷりと胸を持ち上げて揉み上げながら、稔さんの唇が動いた。

唇から顎に、そして、首筋を唇で優しくなぞる。

「ん、んっ」

自分の体が震える。

ゾクゾクして、だけどたまらない感覚。

やがて稔さんの大きな手は乳房を絞るように締め上げていって、最後にきゅっと胸の頂を摘まんだ。

「は、あぁあっ」

自分の体が大きく反応する。ぴくん、と跳ねて、自分の手が所在なく空を掻いた。

「俺に、掴まれ」

低く耳元で囁かれて、下腹に鈍痛にも似た重みを感じた。

私、今――すごく、ドキドキしてる。

前は胸を触られるのが嫌で仕方なかったのに、今は、稔さんに触られるたびに自分の体が火照っていく。どうしてだろう？

稔さんの言葉に甘えて、私は彼の肩を掴んだ。稔さんは私の首筋にちゅっと音を立てて口づけ、親指と人差し指の腹で胸の頂を摘まみ、優しく擦り始めた。

「あうっ、あ、んっ」

なんて甘やかな感覚。

勝手に息が上がる。体は痙攣を起こしたみたいに、震えが止まらない。

感じている。

私は今、稔さんの愛撫が気持ちいいと、その感覚を受け取っている。

「は、はぁ、あっ、稔、さん」

コリコリと胸の頂が擦られるたび、信じられないほどの高い声が上がる。舌が回らなくて、まともに稔さんの名前も呼べない。

「こうされると、気持ちがいいんだな」

甘く尖りを扱かれて、背中が弓なりになった。

「はっ、は、アッ」

気持ちいいと口にすることもできなくて、口を開け閉めするばかり。

これでセックスの経験ありとか、ちょっと自分でも信じられない。

けれども――

「ああ、なんて可愛い顔をするんだ。……七菜」

優しく声をかけられて、唇を重ねて。甘い、甘い、愛撫をされて。

「稔さん……っ」

なぜか泣きそうになってしまって、私は稔さんの胸に顔を擦りつけた。にじんだ涙を、ごまかすように拭いてしまう。

私は、知らなかった。

こんなにも気持ちいい愛撫があるなんて、知らなかった。

「七菜、好きだ。初めて出会った時から、ずっと」

稔さんが私の耳元で囁き、ぎゅっと抱きしめてくれる。

愛されるというのは、なんて嬉しいことだろう。私は稔さんの胸に頬を寄せたまま、こくりと頷いた。

「ありがとう、ございます」

「礼を言うところなのか」

少し不思議そうに訊ねられた。私はもう一度頷く。

「はい」

恥ずかしいと思っていたコンプレックスを可愛いと言われて。私を好きだと口にして、丁寧に触れられて。そのことが、こんなにも嬉しい。

「七菜」

穏やかな声色で名を呼ばれて、奪われるように唇を重ねられる。

きゅ、きゅ、と胸の頂を摘まれ、こよりを作るように扱かれて。

自分の体が急激に熱を孕む。ドキドキする気持ちが抑えられない。

「きもちい……です……」

やっと自分の感情を口に出すことができた。

稔さんは少し驚いたように目を開いて、やがて柔らかに微笑む。

会社での『鬼侍』が嘘みたいに、稔さんの微笑みはとっても優しい。

「よかった」

安堵したような声で呟き、もう一度唇を重ねる。

羽毛で包み、あやすような愛撫はしばらく続いて、やがてどちらともなく眠気を口にし、同じベッドで眠りにつく。

こんなにも気持ちが落ち着いた触れ合いは初めてで――

私は初めて、誰かの胸の中で熟睡したのだった。

第三章　日なたのような君に恋をした

世間一般の常識に鑑(かんが)みて、おそらくは俺——鷹沢稔のこの想いは、非常識に該当するのだろう。

それでも、行動を止めることはできなかった。

きっと、ずっと求めていたのだろう。

きらきらと輝く太陽を。心地いい日だまりの温もりを。

万物は太陽がなければ生きていけない。あまねく生物があの光を願うのなら——

俺の、彼女をほしいという気持ちは、本能も同然だったのだ。

初めて彼女を見た時の衝撃は、いつまでも忘れることができない。

去年の春。新卒が開発部に配属された。彼女は、幾人かいる新入社員のひとりだった。

内巻きのボブカットが軽やかに揺れ、黒く丸い目は愛らしく、まっすぐに自分を見つめている。

「初めまして！　このたび、開発部に配属されました。雛田七菜と申します。よろしくお願いします！」

はきはきと挨拶をして、頭を下げる。その表情は緊張で固かった。

ハバタキユーズは業界大手に名を連ねており、新卒雇用の倍率は高いと聞く。選りすぐりの精鋭。そう思わせるほど、新入社員達は皆、溌剌とした雰囲気を持っていて、体力も精神力もそれなりにありそうだった。おそらくそれぞれに、自分の武器である専門知識や特技も兼ね備えているのだろう。

「今日からあなた方はハバタキユーズの一員です。中でも、開発部は社の命運をも左右する重要な部署であることを自覚し、毎日の仕事に励んでください」

毎年言っている気がするお決まりの台詞を口にすると、社員達は口を揃えて「はい！」と返事をした。

そして一歩遅れる形で、雛田七菜が「はいっ」と姿勢を正す。

彼女は、誰よりも緊張しているように見えた。そして、時々怯えたように、一列に並ぶ同僚達をチラチラと横目で見ている。

雛田七菜だけが、奇妙に他の新入社員と雰囲気が違っていた。

まるで、統率された犬の群れに、ポイと落とされたハムスターのような。

戸惑っているのだろうか。どうして自分がここにいるのか、よくわかっていないような感じがする。

しかしそんな違和感は些細なものだった。自分はただ、雛田七菜から目が離せなかったのだ。

ぐっと心臓をわし掴みにされたような息苦しい感覚。

胸の内が熱くなって、やけにむらむらと興奮している。会社はおろか、プライベートでも、こんな風になることはなかった。

それはあまりに『知らない感覚』で――

俺は戸惑いを覚える。

自分は一体どうしてしまったのかと。


昼休憩を待って、人事部に一報を入れてから向かった。俺が顔を出すと、待機していた人事部係長が起立し、がちりと固まる。

「たっ、たっ、たっ、鷹沢部長！　な、な、何用ですか⁉」

「そんなに怯えないでください」

「おっ、おっ、怯えてなどいませんとも。ちょっ、ちょっと驚いただけです！」

人事部係長は、今年五十九歳になる初老の男性だ。頭頂部がわりと寂しく、ちゃんと栄養のあるものを食べているのかと心配になるほど細身である。

係長は、俺が社長子息であることを知っているからこんなに畏まっているのだろう。

俺が自ら口にするようなことではないので、知らない社員も多いのだが、重役は知っているのだ。係長は人事を管理しているので、なおさら知っていて当然である。

「本日配属された、雛田七菜という新入社員について聞きたいことがあるのですが」

「ふ、不満がございましたか!? な、な、なにか、不備でも!?」

「ない。だから、不必要に怯えるのはやめて頂きたい」

いい加減、そのしゃべり方が鬱陶しい。ぎろりと睨むと、係長は「ヒャッ」と高い声を出して直立不動になった。

「彼女を面接した時の記録を見せて頂きたい。少し、他の社員と毛色が違う感じがしたもので、気になりました」

「わかりましたっ！」

クルリと半回転した係長は、ロボットのようにカクカク動いて、棚からファイルを取り出し、俺に手渡した。

社外秘・持ち出し禁止と記された青いファイル。その場で開き、雛田七菜を探す。

——あった。

得意の速読で目を通し、すぐに係長に返す。

「ありがとうございました」

「えっ、もう読んだんですか？」

「はい、このくらいなら十秒もいりません。それでは失礼します」

挨拶して、人事部のオフィスを後にする。

帰り際「うへえ、さすが鬼侍……」と、係長の独り言が聞こえた。

鬼侍。それは俺の密かなニックネームらしいが、まったく不本意なことだ。世の中には妙なあだ名をつけたがる人間がいるらしい。

それよりも、と、雛田七菜の面接結果を思い出す。

なんてことはない。彼女は『補欠』で採用された新入社員だった。

昨今は、内定が決まっていても、他で好条件の職場を見つけたら、辞退されてしまう世の中だ。そこで人事部は、苦肉の策として面接者にランクをつけることにした。

Aランクの内定者に空きができたら、Bランク。しかしBランクも常に就職活動をしているので、全員すでに内定済み……ということも当然ある。その時はCランク、と順番に補欠の採用を決めていくのだ。

雛田七菜は、Dランクだった。

なるほど、あの怯えようはそういうことかと、納得する。

まさかハバタキユーズに採用されるとは思っていなかったのだ。そして、Aランクに位置する者達の自信に溢れた雰囲気についていけなくて、戸惑っていた。

「ふむ、ハムスター……か」

最初の直感が、そのまま当たっていたというわけだ。さながら雛田七菜は、常に結果を問われ、実績を積み重ねないと生きていけない戦場に落とされた、右も左もわからない小動物。

……俺が妙に庇護欲をそそられたのは、雛田七菜を不憫に思った自分の本能なのだろうか。

いや、なにか違う気がする。可哀想とはまったく思わなかった。むしろ可愛くて、黒く丸い目が酷く印象的で、ふんわりしたボブカットに無性に触れたくて、もっと言えば首のにおいを嗅ぎたくなった。

ピタリと自分の足が止まる。

――今、俺は、とんでもない変態思考をしていなかっただろうか。

気のせいだ。気のせい。俺はそう思い直して、オフィスに戻る。早速、新入社員に仕事を割り振らなければならない。

考えた結果、雛田七菜はアシスタント業務に就かせることにした。

ようするに、雑用係だ。

なにしろ彼女は設計図すら作成できない。まずは図面の引き方を学習する必要がある。

七菜のデスクに設計ソフトのハウツー本と、今までハバタキユーズが開発した商品リストのファイルをドサドサと置く。

「これは、あなたの仕事です」

「は、はいっ」

緊張で顔が引きつる七菜は、茫然とした目で自分のデスクに積み上がった本と書類の山を見つめていた。

「参考書を見ながら、まずは既存商品の設計図を模写してください。一日十枚が目標です。同時に、通常業務として雑務全般をお願いします。経理部に回すための請求書作成、部員から私に毎日提出される日報のまとめ、会議の稟議書作成、その他諸々です」

「そ……その他諸々」

まだ他に仕事があるのか、と七菜が絶望的な顔をした。

その表情は、あまりに悲しそうで、心がきゅんと締め付けられる。

『いや、本当はそんなことしなくていいと俺も思っているんだ』

『なんというか君はその、そう！　そこに座ってるだけでいい！』

『時々、俺にお茶を淹れてくれるだろうか……それだけで幸せになれそうなんだ……』

『そうだ。俺のお茶係！　君の仕事にしよう！　それなら、大変じゃないだろう!?』

思わずそんな言葉が口から出そうになって、慌てて思いとどまる。

それは社会人として、そして開発部を預かる上司として、言ってはいけない。

たとえ七菜が可愛くても。辛そうにしょげていても……ああ、しょげ顔も可愛い……

「あなたは今、なにも知らないに等しい。そんなことではこれから先も、開発部で雑務しかできませんよ。まずは必要な知識と技術を身に付けてください」

心を鬼にしてキッパリ言うと、七菜はますます落ち込んで俯いてしまった。

今すぐ抱きしめて慰めてあげたい気持ちを懸命に堪え、下唇を噛みしめる。

「うわあ……鷹沢部長がお怒りだよ」

「雛田さんは今日入ったばかりなんだから、そんなにズケズケ言わなくてもいいのにねえ……」

うしろでヒソヒソと社員が話している。

うるさい。貴様らに俺の苦しみがわかるのか！　こんなにも我慢しているんだぞ！

そんな思いを込めて睨み付けると「ひいっ」と悲鳴を上げて、逃げていった。

まったく、人の気も知らないで。

「模写を完成させたら、メールの日報に添付して提出するように」

「はっ、……はい！」

七菜は、泣き言は一切言わなかった。辛そうな顔はしていたが、手をぎゅっと握りしめた後、俺が置いた本の山から、一冊を取り出す。そして、恐る恐る読み始めた。

真剣で、ひたむきで、必死な顔。ここに配属されたからには頑張ろうと思っているのかもしれない。彼女は素直な努力家なのだろう。

少し落ち着きを取り戻していた気持ちが、ふたたびぐんぐんと湧き上がる。

これは、辛い！

一生懸命な七菜が可愛すぎて、気が遠くなる。

俺は逃げるように席へ戻り、仕事を進めながら、何度もパソコンのモニターの陰から七菜を覗き見ていた。

◆◇◆

雛田七菜が辛い。可愛くてしんどい。

開発部の日報をまとめてデータで送った後、こちらをチラチラと窺うように見る、七菜の怯えきった目が可愛い。

間違いを指摘した時の、しゅんとした顔がたまらない。

食堂で七菜を見かけ、そばをすすりながら様子を窺っていると、彼女は開発部の女性社員に慰められていた。その役は俺がしたいのに！　思わず割り箸を折ってしまう。

無言で箸をテーブルに置き、新しい割り箸を取る。

ぱきんとふたつに割っていると、ようやく気持ちが落ち着いた様子の七菜が、はにかんだ笑みを見せて女性社員達に礼を伝えていた。

その笑顔の愛らしさといったら！

割ったばかりの割り箸を、親指と中指の力でふたたびメキリと折ってしまうほどだった。

なんて可憐な人だろう。見ているだけというのが、こんなにも辛くなるほど可愛い。

この気持ちが何であるかの答えは、七菜が入社して一年を経て、ようやく得ることができた。俺は七菜のあらゆる個人情報を集め、彼女の行動を監視し、恋をしているのだと自覚したのだ。

我ながらおかしな自覚の仕方だと思うが、なにせ初恋なのだから仕方ない。自分だってこんな風に恋を知るなんて思わなかった。

彼女の、仕事を懸命にやり遂げようとする真面目な性格。落ち込んでも、決して弱音を口にしない心の強さ。丁寧に仕事を進める、ひたむきな横顔。

一年を通して見続けたのだ。勉強家で、商品知識に関しては新入社員の中で一番詳しくなった七菜は、部署の誰からも好意的に受け止められ、今では歴とした開発部の一員として毎日を頑張っている。

前向きで明るく、周りにいる人を温かい気持ちにさせる七菜は、いわゆる『癒やしキャラ』として、同僚にも先輩にも、そして男女隔てなく可愛がられていた。

……そう。彼女を、いつ誰に取られても、おかしくない状況なのだ。

これはいけない。誰かに取られる前に、俺が手に入れなくてはいけない。

だが、具体的にどうすればいいのだ。悲しいことに、俺は七菜に大分怖がられている。

本当は優しくしたいし、甘やかしたいのだが、公の場でやるのは社会人として間違っている。公私混同も、贔屓も、よくないことだ。

現在の開発部は、非常にいいバランスで人間関係が保たれている。この調和を乱すのは、皆の仕事のモチベーションにも関わる。

だから俺は必死で、可愛がりたいという欲望を抑えつけていた。結果、必要以上に七菜に厳しくなり、すっかり萎縮させてしまっている。

この状態で俺に好意を向けてくれなんて、どうお願いしても無理な話だ。

悩んで、悩んで、頭を抱えた結果、俺はある試みに七菜を巻き込むことを決めた。

どう考えても公私混同。以前の俺ならありえない行動だ。しかしもう後がない。七菜が入社して一年と一ヶ月。今年も新入社員が入ってきて、七菜にも後輩ができた。

つまり、彼女の魅力に気づく人間が増えたということだ。時間がない。

だから俺は、手段を選ばず自分のポリシーもねじ曲げて、無理矢理にでも七菜に俺を意識してもらうことにした。

余裕なんて、最初からない。

万が一ということを考えて、彼女にすでに決まった男がいないかを確かめた。七菜に男の影がないことは一年間のストーキングで把握していたが、心の内まではわからない。

もしかしたら、自分のように片想いをしている可能性もある。

もし、そうだったとしたら、できるだけ円満な方法でその恋を諦めてもらうよう策を講じる必要があったが、幸いにも七菜の心にはまだ、想いを向ける男はいないようだった。

ようやく安堵し、計画を実行に移す。

新商品開発における試作品テスターとして七菜を指名し、俺と疑似夫婦として暮らす。

共同生活をすれば、仕事以外の時間でも一緒にいられるのだ。

すぐでなくてもいい。俺を『上司』ではなく『異性』として、意識してほしい。

仕事から離れたら、俺も存分に七菜を甘やかすことができる。自分の心を偽らず、気持ちを解放できる。

ああ、想像するだけで幸せだ。どんな風に七菜を可愛がろうかと、そんなことばかり考えてしまう。

七菜は戸惑いはあったようだが、俺との同居生活に頷いてくれた。なによりも、仕事を頑張ろうと意気込む七菜の姿は、思わず抱きしめたくなるほどけなげだ。

俺の計画に巻き込んで、すまない。

俺はどう考えても口下手で、浮き名を流すやり手営業マンのように、歯の浮く言葉はなにひとつ言えない。でも、君を想う気持ちは誰にも負けていないつもりだ。大学では研究ばかりで、女性に誘われてつきあうことはあったが、まったく長続きしなかった。

そんな男でも、恋を知ることができたのだ。知ったからには諦められない。どれだけの時間をかけようとも俺の想いを伝えたい。そして、いつか俺を好きになってほしい。

幸いにも、七菜の両親は俺を好意的に受け入れてくれた。

これは、またとないチャンスだ。念のため、七菜の両親の好物もリサーチしておいてよかった。

全力で七菜を振り向かせようと、改めて決意する。

彼女の男性恐怖症は気になるところではあるが、まだ、その話をしてもらえるほど心を許されてはいないのだろう。

だから、囲い込む。逃げられないように、俺という檻に閉じ込める。いずれ俺にすべてを許してくれるまで待ち続ける。

――期間は二ヶ月。かりそめの夫婦期間が終わりを告げるその日まで。

俺は、絶対に諦めない。

第四章　前途多難の兆しに心の傷の克服を

——夢を見ていた気がする。

目覚めた瞬間に、私はその夢の内容を忘れてしまったけれど。

ピピピピ、ピピピピ。

鳴り響く、朝のアラーム。それは聞き慣れない音だった。私は普段、こんな音で目覚めていただろうか？　もう少し違う音だったような……

「う～……」

布団の感触が気持ちいい。起きたくないけど、今日も仕事だし起きなくちゃ。

ふああとあくびをひとつして、目を擦る。諦め悪く枕に顔を埋めた後、「よいしょ」と、かけ声を出して起き上がろうとした。

しかし、私の体は動かない。いや、腰になにかが巻き付いていて動けない。

「えっ!?」

慌ててガバッとうしろを向いた。そこには——私の腰を抱きしめる稔さんがいた。

「おはよう、七菜」

「あっ、あう、あ、おはよ……ございます」

かーっと顔に熱が上がっていく。昨晩のやりとりを一気に思い出してしまったのだ。

「照れているのか？」

単刀直入に訊ねる稔さん。そういうことは聞かないでください。

私は彼から背を向けて、黙って布団に顔を埋める。すると、稔さんが私の首筋に唇を落とし、柔らかく唇で食んだ。

「きゃっ！」

ぞくっとした感覚に驚く。稔さんは私を抱きしめる腕に力を込め、なおも首筋に吸い付いた。

ちゅ、ちゅっ、とリップ音が鳴って、私はもう赤面ものである。

「や、朝から……ダメです」

「どうして。夜までできないのだから、今のうちにやっておかなければ」

「今夜もやるつもり満々ですか!?　じゃなくて、朝は忙しいし……っ」

「もう少しなら大丈夫だ。朝食は、俺が作る」

「ダ、ダメ。今日はお手伝いするって決めてるんです。……んっ」

ちろりと温かい舌で肩を舐められて、変な声が出てしまう。

な、なんか、昨日のやりとりがきっかけなのか知らないけど、稔さんがめちゃくちゃ甘えたさんになってるよー!?

でも、朝はダメだ。夜なら……うん、ちょっとだけなら……いいかな、って思ってるところはあるけれど、朝はいかん。

「ふ、夫婦っぽくしたいから、朝ごはん一緒に作りたいんですっ」

思いのたけをぶちまけるように声を上げると、私の首に散々キスしていた稔さんの動きがぴたりと止まった。

「ふむ、つまり、俺と夫婦らしくなりたいという意識が強くなっているというわけか」

「し、仕事のためですよ。あくまで」

「きっかけは昨日のことか？」

冷静な問いかけに、私は恥ずかしくなって黙り込む。

「答えてほしい、七菜」

「うっ……うぅ、そ、そうですよっ！　ちょっとだけ、稔さんに慣れた気がするから……」

どうしてこんなこと、口にしなくちゃいけないのだ。

確かに、昨晩のやりとりは、私の心に大きな変化をもたらした。

優しい指使い。甘い言葉。私の体を包み込むようなキス。

それは初めての感覚で、とても嬉しかった。

私を大切にしてくれている。愛してくれている。稔さんは表情こそあまり変わらないけれど、仕草や言葉が、慈(いつく)しみに溢(あふ)れていた。

だから、この人なら信じられると、私の心は納得したのだろう。……自分では、あまり自覚できないけれど。

　で、でも、私が稔さんを好きになったかといえば、まだそこは保留にさせてもらいたい。ずるいかもしれないけど、ちょっとお返事は待ってほしい。

　……やっぱり、卑怯(ひきょう)かな？

「すみません。あの、まだ、ちゃんとした夫として見ることは、難しいんですけど」

「まさか、昨日くらいのことで夫と受け入れられたら逆に困る。俺はもっときちんとした形で、じっくりと、七菜を愛していると伝えたいんだ。まだまだ、伝達し足りない」

「そ、そうなんですか？」

　私が目を丸くして振り向くと、至近距離で真面目な顔の稔さんにコクリと頷かれた。

「これからは遠慮なく俺の愛する気持ちをぶつけていくので、覚悟するように」

「か、か、覚悟って」

　一体なにをするつもりなんだ。これから遠慮なくって……なんだか大変なことになりそうな気がする。むしろ、怖い。稔さんの目が真剣で、迫力がありすぎて怖い。

「ようやく……少しは、夫婦らしくなれた気がするな」

　稔さんが目を細めて、穏やかに微笑む。

――うっ……

突然の微笑みはやめてほしい。稔さんの笑顔は、本当に破壊力があるのだ。普段が仏頂面（ぶっちょうづら）だからかな、ギャップがありすぎてドキドキしてしまう。

ふいに稔さんが私の頭を撫（な）でた。その手つきはうっとりするほど心地よくて、私は額（ひたい）を彼の胸元にくっつける。

「うん」

頷くと、稔さんはぎゅっと私の体を抱きしめた。

それは恥（は）ずかしいというよりも心地よくて、なんだかとても、嬉しかった。

◆◇◆

会社には別々で出社して、私と稔さんの関係は、疑似（ぎじ）夫婦から上司と部下に戻る。

けれども、前に比べて大きく変化したところがあった。

「ここ最近だけどさ。雛田ちゃん、あんまり鷹沢部長に怒られなくなったね～」

いつものお昼時間。同僚が思い出したように言った。

「あー……そうかも」

大きく口を開けてからあげを食べようとしていた私は、同意してから、ぱくっと頬張る。

美味しい。冷めても美味しいからあげなんて、初めて食べたかも。

ちなみに私が食べているのは、稔さんのお手製お弁当だ。一応、私も手伝ったけど、せいぜいおにぎりを握るくらいで……。うう、我ながら情けない。しかし稔さんは、私が握ったおにぎりを大切そうにラップで包んで、写真に収めてから食べよう、とか言っていた。やめてほしい。形もイビツだし……。稔さんが握ったおにぎりは芸術品かと思うほど、美しい正三角形である。

「ようやく鷹沢部長も、雛田ちゃんの仕事に満足したのかな？」

「あはは、呆れて怒る気もなくなった～とかじゃなきゃ、嬉しいな」

私が言うと、周りの皆が「大丈夫だよ～！」と励ましてくれる。

開発部って本当に皆、心が温かい。ここに配属されてよかったなあ。

まあ実際のところ、稔さんが私に厳しかったのは好意の裏返しで、しかも私が気づかないところでストーカー行為までしていたので、胸中は複雑なのだが。

――確かに稔さんは、私を怒ることがなくなった。不自然なほど、ピタッとなくなった。ちょっと露骨すぎて引くくらいだ。

しかし、かといって仕事に手を抜いていいはずはない。私は稔さんを落胆させないようにちゃんと仕事しないとね。

「テスター生活はどんな感じ？」

サンドイッチを食べながら先輩が訊ねる。

「少しずつですけど、慣れてきたかなって感じです。今朝はうちのジューサーで野菜ジュースを作ったり、試作品の『部屋干しらくらくハンガー』で洗濯物を干してみましたよ」

「あっ、私の企画のやつだ～！　どだった？」

「報告書は後日まとめますけど、ハンガーの形が使いやすかったですよ」

感想を言うと、先輩は嬉しそうに「そっか～」と頷いて、サンドイッチの続きを食べる。

「そうそう、除湿機も使ってみたんですけど、そっちは音が気になるって稔さんが……」

「みのる？」

「あーいや！　み、みの……みのる～って音がした気がして、ハハハ。それは空耳だと思いますけど、除湿機の音をもう少し改善できたらいいのかなって思いました」

危ない危ない……。稔さんと一緒に住んでるのは秘密なのだ。というか絶対言えないよね、こんなこと。自分の言動に気をつけなくちゃ。

今日は朝から稔さんと一緒に朝食やお弁当を作って、洗濯も一緒に干した。そして試作品や発売済みの製品の使い勝手について、細かく意見を出し合った。

稔さんはとても有意義な時間だと思っているようで、熱心にメモを取っていた。ああいうところは、さすがだ。稔さんを見ていると、仕事ができる人ってとてもマメなんだろうなって思う。

小さな気づきの積み重ねが、いずれはよい商品の開発に繋がるんだろう。

そのお手伝いができて嬉しい。……それ以外のスキンシップは、ちょっと困るけど。

食堂で昼食を終えた後は、つかの間の自由時間だ。休憩室で仮眠を取る人もいるし、会社の近くにあるカフェでくつろぐ人もいる。

私はといえば、一階のロビーにあるコンビニでロイヤルミルクティーを買おうと、エレベーターを待っていた。

お昼時はどうしてもエレベーターが混むので、なかなか食堂のある五階に着いてくれない。

こういう時間はジレジレする。お昼休みもあと二十分しかない。

ここはいっちょ、運動のために階段を使おうか。そう思ったタイミングで、エレベーターが五階に到着した。

うむ。階段を使うのは、帰りにしよう。今は時間もないことだし。

私がエレベーターに乗り込むと、先客がひとりいた。

「一階に行くのか？」

やけに馴れ馴れしい男性の声。できるだけ男性を避けている私に、こういう話し方をする人の心当たりはない。一体誰だろう？　私は顔を上げて横を見た。

「――え」

ガコン、とエレベーターの扉が閉まる。

私は心底、階段を使わなかったことを後悔した。

「久しぶりだな、七菜」

「あなたは……」

ぐぅん、とお腹が浮き上がるような感覚がして、エレベーターが動き出す。

先客は、もう二度と会うことはないと思っていた人だった。

大学時代につきあっていた、先輩。

「亮一(りょういち)……さん」

北川(きたがわ)亮一。その顔は、忘れたくても忘れられない、私の辛い思い出そのものだった。

「しばらく前に大学のOB・OG会があってさ。お前がハバタキユーズに就職したって話を聞いたんだ。会えるかどうかは半々かなって思ってたけど、マジで会えるなんて運命みたいだな」

運命？　そうだとしたら、なんて悪い運命だ。気持ちが悪くなる。

早く一階に着いてほしい。私が黙って階数を数えていると、いきなり肩を掴(つか)まれ、抱き寄せられた。

「きゃ！」

「なあ、答えろよ。運命だろ？」

「やめて。放してください！　大体、どうしてここにいるんですか」

「俺、ハバタキユーズと取引してる卸売会社の営業なんだよ。いやー、話を聞いた時は驚いたぜ。また会いたいと思っていたんだ」

耳元で囁く、粘着質な声。怖気で体が震える。

「なあ、七菜」

肩を掴んだ手が、背中を辿る。嫌だ。やめて。早く一階に着いて。

「相変わらず、エロい体してるなあ」

腰を掴み、もう片方の手が私の胸に伸びる。

「いや、やめて！　触らないでください！」

もう私はこの人と別れたんだ。関わりたくない。必死で彼の手を振りほどき、エレベーターの壁に寄る。

亮一さんは、ニヤリと嫌な笑みを浮かべた。

「震えてるぞ、七菜」

気丈に拒んでも、体が覚えている。恐怖を、痛さを、辛さを。

――ガコン。

ようやくエレベーターが一階に到着した。扉が開くと同時に、私は外に飛び出す。

「おい、待てよ」

手首を握られた。そして力尽くで、どこかに連れて行こうとされる。

「いや、やめてください。放して！」

「おい、人目があるだろ。黙れよ」

ギロリと睨まれた。私の体がすくみ上がる。

私はまだ、この人の恐怖に囚われていたんだ。ひと睨みで体が動かなくなる。背中に冷や汗が流れる。ドッドッと、動悸が激しくなっていく。

もう大丈夫と、克服したと思っていたのに。

「ここじゃゆっくり話もできないから、今度会う日を決めようぜ」

「わ、私は会いたくないです」

「どうせ男日照りなんだろ？　だから俺が慰めてやるよ。エロい体の飼い殺しはもったいないからな」

聞きたくない。そんな言葉は聞きたくない。嫌だ。行きたくない。

私の心が全力拒否するにもかかわらず、ずるずると体は引っ張られていく。この人に、力で敵うはずがない。それになにより、怒られるのが怖い。怒鳴られたくない。叩かれたくない。

誰か。誰か助けて。

懸命に助けを求めているのに、口からなんの声も出てこない。喉がカラカラに渇いて、舌が上顎にくっつき、唇はわなわなと震えた。

どうしようもなく怖くて、ぎゅっと目を瞑る。

その時、頭に浮かんだのは、稔さんの姿だった。

「なにをしているんですか」

まるで氷みたいな冷徹な声がロビーに響く。やけに通るその声に、ロビーにいる誰もが声の主に顔を向けた。

「みのる……さん……」

声が出た。その名前は、今の私にとって一番安心する名前だった。

ナチュラルに横分けにしてうしろに撫でつけた黒髪に、ノンフレームの眼鏡。その佇まいはどこから見てもストイックで、厳粛な雰囲気に包まれている。

稔さんはコンビニの袋を提げていた。そして、カツカツと革靴の踵を鳴らして、こちらに近づく。

「私の部下に用事ですか？」

稔さんが冷淡な瞳を底光りさせる。今までにないほど迫力があって、周りにいた人達は皆、押し黙った。亮一さんは不機嫌そうに顔をしかめた後、私の手首を握ったまま軽く笑う。

「ああ、こいつね。俺の知り合いなんですよ。久しぶりに会ったから、思い出話をしようって誘ってたところでしてね」

「そのわりには、彼女は嫌がっているように見えますが」

「気のせいでしょ。なあ、七菜？」

同意を求められたけど、私は頷かない。亮一さんが私を睨み付けても、下唇を噛んで怖さに耐えた。

ここで彼に屈するなんて嫌だ。はっきり啖呵を切りたいところだけど、そこまでの度胸はない。だからせめてと、精一杯顔を歪ませた。

「おい七菜！」

「やはり問題があったようですね。警備員を呼びましょう」

「てめえ、なに言ってやが……っ」

怒声を上げ、亮一さんが稔さんに顔を向けた。そして、ハッと思い出したように目を見開く。

「鷹沢……稔。ハバタキユーズの……」

「私がどうかしましたか？」

眉ひとつ動かさず、淡々と稔さんが訊ねる。亮一さんは渋面を作り、ようやく私の手首を放した。

「社長子息のボンクラ野郎が、偉そうに」

小さく呟き、ギロリと私を睨み付ける。

「覚えておけよ、七菜。俺に恥をかかせたこと、後悔させてやる」

――どうせお前は、俺から逃げられるわけがない。

そう、私の耳元でねっとりと囁き、早足でロビーから出ていく。

「大丈夫か」

亮一さんが離れた途端に稔さんが近づいて、私に声をかけた。

「……問題ない、です」

否。本当はそんなことない。二度と見たくなかった人との再会に、体が震えている。

稔さんは私をジッと見た後、「そうか」と、感情のない声で言った。

「それならよかった」

あくまで上司として部下を守った。そんな雰囲気を出す稔さんを見て、周りにいた人達も思い思いに移動していく。そして稔さんは私の横を通り、エレベーターのボタンを押した。

「家で話を聞かせてくれ」

すれ違いざまに、そう囁いて、そっと私にコンビニの袋を手渡す。その声はとても静かで、そして私を心配しているのが伝わるものだった。

「……はい」

私は心に温かいものを感じながら、頷いた。

稔さんがエレベーターに乗った後、私がコンビニの袋を開けると――

そこには、私の大好きなロイヤルミルクティーのペットボトルが、ふたつ入っていた。


仕事が終わって、私が会社から出ようと玄関を出たところ、横から声をかけられる。

「七菜」

振り向くと、植え込みされたコニファーの裏側から、稔さんが顔を半分出していた。

「ちょっ……なにしてるんですか、稔さん。重役会議だったんじゃ」

慌てて近づくと、彼は人差し指を口に当てて「シー」と言った。

「役員が雁首(がんくび)揃えて実りのない雑談をする集まりなど、時間の無駄だ。会議ですらない。現状把握(はあく)と今後の課題を指摘して、すぐに解散させた」

なるほど。さすが稔さんだ。彼は仕事の効率化についていつも考えているし、合理主義なところもあるから、的確に意見をズバッと言って、重役をぶった切っていそうである。

「そんなことより、車で帰るぞ」

「え、会社の行き帰りは別々にしようって話し合ったじゃないですか」

私はあたりをキョロキョロ見回す。今のところ、私達の姿はコニファーの陰になって隠れているけれど、いつ見つかるかわからない。

「今はダメだ。あの男が入り口で見張っている」

「え――」

思わずうしろを振り向きそうになった。そんな私の頭を、稔さんが抱き寄せる。

ふわりと香るフレグランスに、ほんの少し、心が落ち着いた。けれども、嫌な汗が背中を伝う。

「車で帰ろう。社員専用の出入り口から車を出せば、見つからない」

「……うん」

私は頷き、こそこそと人目を忍びながら稔さんの自家用車に近づいた。車にすばやく乗り込むと、稔さんは早速車を運転し始め、社員通路から外に出る。

「あの男は、何者だ？」

彼は運転しながら訊（たず）ねた。私は俯（うつむ）く。

正直、言いたくない。それは私の心の傷も同然だからだ。

膝にのせていたこぶしを、ぎゅっと握る。

「学生時代に、つきあっていた人です」

それ以上は言えなかった。

「そうか」

稔さんは運転をしながら短く相づちを打つ。

――なにを考えているんだろう。私は感情の読めない稔さんの横顔を見つめた。

「あの、稔さんは、私の過去は……知らないんですか？」

「過去？　どうしてそう思う」

「だ、だってあの、自分で言うのもなんですけど、稔さんは私をストーカーしてたわけですし……」

なかなか現実が受け入れられないが、あれだけ私のことを調べ尽くしていたら、過去も把握していてもおかしくない。しかし稔さんは意外そうに目を丸くし、チラ、と私を見た。

「俺が興味を持つのは七菜の体格や髪の柔らかさ、性格、嗜好、住居、そして家族関係だ。結婚するならご家族の好みも把握しておくべきだし、それらは俺の研究対象に入る。しかし、過去なんて調べても意味がないだろう」

「そうなん……ですか？」

好きな人のことを、なんでも知りたい。

普通はそう思うんじゃないだろうか。正直、髪の柔らかさなんてどうして興味を持つんだと思ってしまうけれど、稔さんはそれだけ私を知りたいと思って行動していた。

でも、それなら過去だって詮索したくなるものじゃない？

実際に、興信所などを使って好きな人の過去を調べる人だっている。

稔さんはカーブのところでハンドルを切りながら、なんでもないことのように話した。

「過去を知ったところで、俺にできることは少ない。人には知られたくないこともあるものだから、今の七菜から垣間見える部分だけわかればいい。俺は君と、未来を共に生きたいと願っているんだ」

「………」

思わず、ぽかんと口を開けて彼を見つめた。

「七菜がもし過去のことで悩んでいるのなら、話してほしいと思う。起きた過去の出来事をなかったことにはできないが、その辛さを乗り越えるための方法を、共に考えることならできるからだ。俺はそのための努力は惜しみたくない」

「稔……さん」

なんて人だろう。

どうして今、私が一番ほしいと思ってる言葉をくれるんだろう。

その優しさに頼りたくなってしまう。全部話したら、私の気持ちも変わるかな。

しかし、慌てて首を横に振る。

私はまだ、稔さんの気持ちに応えることができていない。ノーともイエスとも言えず、宙ぶらりんで曖昧な態度を取っている。

そんな状態で甘えきるなんてダメだ。せめて、ちゃんと自分の答えを出さないと。

だから私は、稔さんに笑いかけた。

「ありがとうございます。でも、ある程度は乗り越えられているので大丈夫です。あの人……北川亮一さんっていうんですけど、別れる時にちょっともめちゃって、あまりいい思い出の人じゃないんです」

軽く事情を話すと、稔さんはしばらく黙った後「そうか」と、先ほどと同じ相づちを打った。詳細を話さない私に、なにか思うところがあるのかもしれない。心配してくれているんだと思うと、申し訳なさでいっぱいになる。

でも、それと同時に少しだけ嬉しくもあった。そんなのって、我ながらずるいな。嫌になる。

私が自己嫌悪に陥っているうちに、車は家に到着した。稔さんが玄関扉を開けてくれて中に入ると、ホッと気持ちが安らぐ。

おかしな話だ。まだこの家に住み始めて、一ヶ月も経っていないのに。

「先に食事にするか、それとも風呂で体を休めるか？」

「あ、そうですね。うーん……どうしようかな」

私はお腹に手を当てた。なんだろう、今日はいつも以上に疲れているからかな、食欲はまだあまり湧かない。

「私は、お風呂に入りたいですね。湯船に浸かると、食欲が湧くって聞きますし」

「なるほど、わかった。では風呂の用意をしよう」

「いえ、私がやりますよ。稔さんは着替えてきてください」

仕事量で言えば、私より稔さんのほうが遥かに多いのだ。それを定時内にこなす大変さは想像もつかない。

間違いなく疲れているはずだ。稔さんには、ゆっくりしてほしい。

これ以上、稔さんの負担にはなりたくないから。

「お風呂が沸いたら、先に稔さん入ってくださいね。私は、夕ごはんの支度をしますから」

そう言って、私は浴室に入って掃除を始めた。

洗剤なしで水垢が取れる自社製のスポンジで浴槽を擦りつつ、私は無理矢理、思考を仕事に切り替えた。この手の日用品はハバタキユーズに限らず、様々なメーカーから販売されている。安さで言えば間違いなく百均が最強だけど、うちのスポンジは水垢がしっかり取れて、浴槽に傷をつけない素材でできているところが利点だ。そこをもっと押し出していかないと、ヒット商品には繋がらないだろう。

「実用的で、可愛いとか。特色をつけたほうがいい気がするなあ。それから、スポンジの形も、もっと磨きやすい形にしたほうがいいよね……」

私が言わなくても、すでに考えられていそうな課題だけど、一応報告書に書いておこう。

仕事のことを考えていると、余計なことで悩まないでいい。

今日亮一さんに会ってしまったことはびっくりしたけど、取引先の営業って話だし、そう頻繁に会うものでもないだろう。

開発部のある階は関係者以外立ち入り禁止で、社員でも簡単には出入りできない。部外者である亮一さんは、入ることもできないはずだ。

しばらく、エレベーターじゃなくて階段を使って上り下りしよう。

お風呂の掃除が終わって、湯を溜めるボタンを押してから浴室を出る。

すると、目の前に大きな壁――もとい、稔さんが立っていた。

「わっ！　びっくりした……」

ぶつかりそうになって驚くと、私服姿の稔さんが私をジッと見つめる。

「ど、どうしたんですか？　お風呂、今お湯を入れたばかりですけど」

「七菜、話がある。リビングに行こう」

言うなり私の手を握って、すたすたとリビングに向かう。たたらを踏みながら私もついていくと、彼は突然、床に正座をした。

何事⁉

とりあえず、私もその場に正座をした。

「実は、着替えをしながら考えていた。君はまだ、過去を完全に乗り越えてはいないのではないか？」

それは図星だ。というか、私の様子を見ていたら、それくらいすぐわかっちゃうよね。嘘をついても仕方ない。私は正直に頷く。

「稔さんの言う通りです。男性が苦手になった原因は元彼ですから、まだ克服できたとは言えません」

ようやく稔さんは納得したように頷いた。そして、重々しく口を開く。

「時に、話は変わるが」

「えっ？」

いきなり話題を変える稔さんに、私は戸惑う。

「ここでカミングアウトをするのもなんだが、俺はどうやら、性欲が人よりも強いようだ」

「せっ、性欲……ハイ」

多少引きつつも頷く。恐らくだけど、稔さんは、性欲がどうこうというより別に言いたいことがあって、こんな話を切り出したような気がするから……

稔さんは私から視線をそらすことなく、話し続ける。

「だが、その欲は七菜だからこそ芽生えたと言える。学生の頃に、数度女性とつきあったことはあったのだが、恋愛感情を覚えることもなかったし、性交もほぼなかった……」

「ナ、ナルホド」

性欲の次は、性交。この人、本当に言葉選びが直球ストレートだな。まあいいけど。

などと考えているところで、稔さんがクワッと目を見開かせる。

「だが、君に出会って、そして君と暮らすようになってからはどうだ。今までの自分が嘘だったのかと思うくらい、溢れる性欲が止まらない。俺にとって性欲とは、愛の主張だ。俺は君を愛したくてたまらないんだ」

「は、はい」

「七菜が好きなんだ。君と寝食を共にする。その時間がとても幸せだと思う。そして、七菜への気持ちは、俺の仕事にも影響した」

「仕事……ですか?」

キョトンと首を傾げた。稔さんは神妙な顔で頷く。

「仕事に対する考え方が著しく変化したんだ。前はただ、研究心と義務しかなかった。でも七菜と共に暮らして、君に触れて、仕事が楽しいと思った。日常がとても充実しているんだ。幸福感とは、俺が想像していたよりもすごいものなのかもしれない」

そっと手を握られて、私の顔に熱が上がる。

「み、稔さん……」

「七菜と一緒に、これからも暮らしたい。共に生きたい。君を守りたい。その気持ちが、俺の心を変えたんだ。これが恋の力なんだろう」

　私の顔は、真っ赤になっているかもしれない。

　だって、こんな風に面と向かって愛してるとか好きとか、言われたこと、ない。しかも稔さんの言葉は飾りがなくて、だからこそまっすぐに私の心に入り込む。

「だから七菜、君も恋をしたほうがいい」

「う、恋!?」

　びっくりする私の手を稔さんは握りしめ、大きく頷く。

「きっと七菜も、誰かに恋をしたら、過去の辛さや悲しみを乗り越えられるはずだ。できるなら、その『誰か』は俺であってほしい」

　その時、私は——どんな顔をしていただろう。

　稔さん、ずっと、私のことを考えてくれていたんだ。過去は詮索しなくても、私が前向きに乗り越えられるにはどうしたらいいのだろうと。

　どうしよう。とても嬉しい。

　言ってることは赤面ものなのに、私は自分の目頭が熱くなっていることに気がついた。

　だって、こんなにも私のことを考えてくれる『他人』なんて、いなかった。

　稔さんの『私が好き』という気持ちが、まっすぐに私の心へしみこんでくる。

　——私、もしかしたら、稔さんのこと、好きになれるかも……

「だから七菜、俺と風呂に入ろう」

「…………」

私の手を痛いほど握りしめて、稔さんがなんか言い出した。

驚愕にぽかんと口を開けた後、私は地獄よりも深い腹の底から声を出す。

「なに言ってんですか……？」

恋をしよう。に、なにを足し算したりかけ算したりすると『風呂に入ろう』になるのか、さっぱり理解できない。

せっかく稔さんを好きになりかけていたのに、色々と台無しだ。

思い切り呆れた顔をしていたのか、稔さんが慌てて「違う！」と言い訳を始める。

「いいか、恋に体の触れあいは大事なんだ。なぜなら君は、昨夜のことで少し前向きに考えられるようになったんだろう？」

――う、わりと真理を突いてくる。彼の言う通り、昨晩の愛撫は私の心に劇的な変化をもたらした。我ながら、自分の頭は単純にできているのかもしれないと思ってしまうくらい、私の気持ちは前に進んだ。

なのに、唐突な元彼との再会で、そのポジティブシンキングもへたり気味……。

でも、逆に考えてみると、また稔さんと触れあったら、元気に戻れるのかな？

「七菜が俺に触れられるのが嫌ではないのなら、俺は、積極的に触れていきたい。君を抱きしめると、愛情を再確認できる。幸せを感じる。その気持ちを君にも分けたいんだ」

熱心に言う稔さんに、私の心は動かされる。

彼は私に触れたいと言う。しかしそれは、単に私の体を暴きたいという思惑からくるものではないと、昨夜のことで理解していた。

背が小さいくせに胸が大きいのがエロいとか、元彼の亮一さんは、ことあるごとに私の身体的特徴について笑っていた。

私はそう言われるのがとても嫌だったけれど、稔さんにはあの感じがまったくない。なにが違うんだろう。優しく触れてくれるから？　私を好きだと口にしてくれるから？

迷う私に、なおも稔さんは説得を試みる。

「頼む。君とお風呂に入りたい」

「……あの、稔さん」

私は、ジトッとした目で、稔さんを見つめる。彼は私の視線を受けて、少し決まり悪そうに目をそらした。

やっぱり、なんか変なこと考えてるな？

「正直に言ってください。一緒にお風呂に入りたい理由、私を好き以外になにかあるでしょう？」

「な、ない」

「どもってます！」

ハバタキユーズの『鬼侍』、鷹沢稔が言葉を詰まらせるなんて、前代未聞だ。絶対なにか企んでるに違いない。

「君が好きだし、助けたいと思うし、俺を好きになってほしいという気持ちは本当だ！ただ、ひとつだけ君に言っていないことがあるとするならば……」

「するならば？」

座高の高い稔さんを見上げる形で睨み付ける。すると彼はコホンと咳払いをした。

「そ、その上目遣いは、やめてほしい」

「上目遣いなんてしてません！　身長差で目線が合わないだけです！」

「可愛いんだ！　俺を見上げる七菜が可愛すぎて襲いそうになるから、遠慮してほしい！」

「へっ……」

稔さんの言葉に、私の顔はかーっと熱くなった。

「な、な、なにを、言っているんですか。べ、べつに、そういうつもりで見ていたわけじゃ！」

「待ってくれ、深呼吸をする」

スーハ、スーハ、と稔さんが息を整えた。私も火照った頬を叩いて、どうにか平静を保つ。

「よし、落ち着いた。それで君に言っていないことで……。それは、俺のフィールドワークに関することだ。つまり、七菜の研究に繋がる」

「それ、まだ続いてたんですか⁉」

保ちかけていた平静がどっかに飛んでいってしまって、私はふたたび声を上げる。すると、すっかり落ち着きを取り戻した稔さんが、大きく頷いた。

「もちろんだ。これは一生かけて続く、俺のライフワークだ。俺は君に出会ってからストーキングを続けているのだが、ただひとつ、見ることのできない部分があった。それが、風呂だ」

「もはや、ストーキングしてたことを隠す気はないんですね……」

本当にまったく気づかなかったよ。ていうか、私、一生この人にストーキングされるの？

「洗うのは、体からか、頭からか、体を洗うならどこから洗うのか、タオル派かスポンジ派か、もしくは素手で洗うのか、風呂には数々のポイントがある。俺はどうしてもそれが……知りたい！」

稔さんが黙っていたこと。それは、私に関するデータを集めたいという研究心だった。

はあ、と肩の力が抜けてしまう。

「やはり、このような邪な気持ちが入っていては、ダメだろうか？」

稔さんが、心なしかしょんぼりした口調で訊ねる。

まったく、この人は……

私は呆れを通り越して、なんだか笑いたくなってしまった。だって、この人は本当にぶれない。ずっとストレートに好きだと言われ続けていたけど、隠していた事柄まで私のことだった。

邪な気持ちを持っていたなら、もっと酷いことを考えているはずだよ。

元彼でそれを思い知った私は、心からそう思う。

だから、私は稔さんがとてもピュアだと思った。私が『初恋』だと言っていたけれど、それは本当なんだ。

私よりずっと、稔さんは綺麗な心を持っているのかもしれない。私は、あの人に汚されてしまったから。

「七菜」

黙ったままの私に不安を感じたのか、稔さんが私の手を握る。

ハッとして、顔を上げた。そこには心配そうな表情を浮かべる稔さんがいる。

「わ、私は、稔さんが嫌と思ってるわけじゃないんです」

慌てて言う私に、彼は少しホッとしたように目じりを下げた。

「ただ、怖いだけ……なんです」

口にしてから、どうして私はこんなにも臆病になっているのだろう、と疑問を覚えた。

稔さんは、こんなにも私が好きだと言ってくれるのに。

どうして怖いんだろう。

その答えは、まだわからない。けれども、昨晩のように彼に触れてもらえたら、理由がわかるだろうか。

前向きに、あの人との過去を乗り越えて、稔さんを好きになれるだろうか。

……試してみたい。亮一さんの思い出に怯（おび）える自分を、変えたい。

「あ、あんまり、変なことしないでくれますか？」

「ああ。君が嫌がったら、すぐにやめよう」

微妙に答えになってないようなことを言われたけれど、稔さんは私が本当に嫌がったら絶対にやめてくれるだろう。その点だけは信頼している。

私は、すぅと息を吸って、心を決めた。

「じゃあ……いいです」

なかば稔さんの説得に圧（お）される形だったけど、ここまで言われなければ、臆病な私の心はずっと男性に対する苦手意識を変えられなかったかもしれない。

我ながら、どうしてこんなにも面倒くさい性格になってしまったんだろうと落ち込むけれど。

きっと私は、稔さんじゃなければ、こんな勇気も持てなかったのだ。

ほこほこと湯気の立つ湯船は、大人ふたりで入っても十分リラックスできるほどの広さがある。タオルで前を隠して風呂に浸かる私を囲い込むように、うしろに稔さんが座る。

「気持ちがいいな」

「そ、そうですね」

稔さんは心からリラックスしているのだろうか。私はまだ緊張が解けず、縮こまっていた。

だって、お互いに裸だし。昨夜は少し脱がされたとはいえ、私はちゃんとパジャマを着ていたし、稔さんも寝間着姿だった。

でも今は裸。裸のつきあいというやつだ。

――うう、背中に当たる稔さんの厚い胸板が、私を抱きしめる逞しい腕が、私の体を挟む長い脚が、とても男らしくてドキドキしてしまう。恥ずかしいし、ここからどうしたらいいかもわからない。

私が微動だにせず固まっていると、稔さんがうしろで呟いた。

「七菜の肌は、綺麗だな」

「そ、そうですか？　普通だと思いますけど」

「なめらかな肩のラインがたまらない。小柄な体がいっそう強調されて……無性に、君を守りたいという気持ちが強くなる」

ぎゅ、と私を抱きしめる。逞しくて、力強い腕。なぜか私の心が安心して、ほんの少し、肩に入っていた力が抜ける。

「君の苦しみが、この小さな肩にのっていたのかと思うと、目の前が真っ赤に染まるようだ。俺は、七菜の苦痛を、どうにかして緩和させたい」

「稔さん……。ンッ」

首筋から続く肩のカーブを、稔さんが唇で辿る。その甘い感覚に私は声を出してしまい、恥ずかしくなってしまった。

別にいやらしいことはなにもしてないのに、どうして感じちゃってるの？

私は、慌ててザバッと湯船から上がった。

「どうした？」

「あっ、先に、体とか頭を洗おうと思って……」

稔さんに触れられていたら、なんだかおかしな気持ちになる。それが怖くて、逃げてしまった。

ううう、私の臆病者……。一旦稔さんから離れて、気持ちを落ち着かせよう。

そう思っていたのに、なぜか私に続いて稔さんも湯船から上がってしまう。

「えっ、ど、どうしたんですか？」

「俺が、七菜を洗いたい」

「ええっ⁉ い、いや、そんなことしなくていいですよ。遠慮します！」

「遠慮するな」

「そっ、そうじゃなくて！」

遠慮したいというか、そんなことしてほしくないというか。いやいや、それ以前に私を洗いたいってどういうこと⁉

目を白黒させる私をシャワーの前に座らせて、うしろの風呂椅子に稔さんがどっかりと腰を下ろした。

ちなみに、別にタオルで隠してるわけではないので、稔さんのアレなアレも、もろ見えであるわけで、私は必死に視線を泳がせて直視しないようにしているのですけど、その辺の配慮も皆無でございますか⁉

「さあ、七菜。先にどこから洗うんだ？ 頭か？ 体か？」

「頭……ですけど」

問われて、思わず答えてしまう。どうして素直に答えてしまったんだ。

稔さんはシャワーのコックをひねると、私の頭にかけ始める。

「え、え、本当に、洗うんですか⁉」

「ダメか？」

直球で聞かれて、私は黙ってしまう。ダメかって言われると、そこまで嫌ってわけじゃないけど、とにかく恥ずかしいというか、ドキドキするというか、そういう意味ではやめてほしいんだけど……

などと私がまごまご考えている間に、稔さんは手にシャンプーをつけて、私の頭を洗い始めてしまった。

本当に、自分のペースを崩さない人だな……。ゴーイング・マイ・ウェイと言おうか。

しかし、大きな手で力強く洗ってもらえるというのは、思いのほか気持ちがよかった。

そういえば、美容師さんのシャンプー、すごく気持ちいいよね。

次第に私の体はリラックスして、うっとりしてしまう。

おでこや、耳のうしろの生え際を、厚い指の腹でマッサージするようにごしごしと洗ってもらうと、すごく気持ちがいい。

今も恥ずかしいことに変わりはないけど、頭を洗ってもらうのはいいかも……

稔さんは黙ったまま私の頭を洗って、コンディショナーも丁寧に揉み込み、シャワーで流してくれた。

「随分大人しくしていたが、洗髪は気持ちよかったのか？」

「は、はい。頭洗ってもらうのって、すごくいいですね。自分でやるのと全然違います」

「それはよかった。では、次は体だな」

マイペースに、稔さんは流れるような仕草でボディソープを手の平にプッシュした。

「えっ、からだ？　あ、ちょっ、待っ」

「さて……七菜、俺に教えてくれ。体はどこから洗う？」

ボディソープを両手で泡立てた稔さんが訊ねる。

こ、これは……答えなくてはいけないの？　答えたら、まさかそこから洗われるの？

どう答えたらいいかわからず、私が硬直していると、うしろで稔さんが小さく笑った。

「答えないのなら、俺のやり方で洗っていこう」

「あ、えっ」

スッと首筋に彼の大きな手が当てられた。ビクッと大きく反応してしまう。

「俺は、首から洗うんだ」

撫でるように、泡を滑らせる。

ゾワッとした感覚と共にくる、なんとも言えないくすぐったさ。私はビクビクと震えた。

「そして、肩、腕と洗う。……七菜は？」

肩のラインを手の平で撫でて、私の腕から手首にかけて指先でクルクルと円を描きながら洗っていく。まだ、変なところを触られたわけでもないのに、私はくらくらとめまいがした。

「わ、私は……あしのつま先、から……」

無意識に答えてしまう。稔さんは私の耳元でくすりと笑い「そうか」と相づちを打つ。

「上から洗う俺と、順番が逆なんだな」

「そ、そうかも……です」

どもりつつ答えたが、私はそれどころではなかった。頭の中は大パニックに陥っている。

「では、足のつま先から洗おうか」

稔さんは、うしろから私の足首を掴み上げた。自然と私の体が傾き、稔さんの胸板に背中が当たる。

彼の胸は驚くほど温かくて、背中から伝わる稔さんの肌の感触がやけに生々しくて。恥ずかしくて、ドキドキと胸の鼓動が高鳴って、止まらない。

それなのに、どうして？　稔さんに触れていると、とても心地がいい。まるで真綿に包まれているような安心感がある。

この気持ちはどこからくるものなのか。私が考えているうちに、稔さんはつま先から足首、そしてふくらはぎと、泡をつけた大きな手を滑らせていく。

「デスクワークが続くと、下半身の血の巡りが悪くなり、むくみに繋がると聞く。だから軽いマッサージは効果的らしい」

そう言って、稔さんは親指を使ってふくらはぎの裏側をぐりぐりと指圧し始めた。

ほどよい指の強さが気持ちいい。確かに私も、むくみは気になっているので、時々お風呂の中でマッサージしている。でも、そんな美容情報を稔さんが知っているのが意外だ。

私がそんな疑問を持ったことを察知したのか、稔さんが淡々とした口調で呟く。

「風呂で使えるボディケア用品は、それなりに需要がある。商品開発に役立つかもしれないと思って勉強したんだ。腕も、二の腕に効果的なマッサージを覚えた」

「に、二の腕に効果的……!?」

ぴくっと私は反応した。二の腕にいつの間にかついた、振り袖のような憎らしいお肉。これが頑固で、なかなか取れないのだ。

稔さんは私の二の腕を摘まんで撫でたり、肘の内側から腋に向かって指圧したりする。

「こうやってリンパを流すのが効果的らしい。一日二日でどうにかなるわけではなくて、こういうことは、続けるのが大事なんだそうだ」

「なるほど……」

「ちなみに、やりすぎたり、力を入れすぎたりすると逆効果だ。何事も適度がいいということだな」

ふむふむと私は頷く。さすが稔さん。仕事に関する知識は豊富にある。

だが、その時。ふいに稔さんの手が、私の胸を優しく包み込む。

マッサージで完全に気持ちがほぐれて油断していた私は「ひゃっ」と声を上げてしまった。

「ここも、マッサージが必要ではないか？」

「い、いやっ、その、そこは……そんなに、いらない、です……」

思わず身を固くする私の肩に、稔さんの顎がのる。彼の髪の毛がふわっと頬を撫でて、無性に恥ずかしくなった。

「マッサージは、なにも胸を大きくするためのものではない。よい形を維持するためにケアをするのは大事だと思うぞ」

そう言って、稔さんは腋から胸に向かって手の平を滑らせ、乳房を掴む。

彼の手の内で形を変える自分の胸。顔にぐんぐんと熱が上がっていく。

「は、恥ずかしい、です」

「ああ、その反応が可愛いな。七菜は本当に感じやすい体をしている」

「そんな風に言わないで……っ」

これはマッサージだ、なんて思おうとしても、無理だ。

明らかに稔さんの手つきが違うもの。私を感じさせようとして、その手は間違いなくいやらしい動きに変わっている。

だけど私は、嫌悪を覚えなかった。

——なんとなく、だけど。こんな風に触れあうことを、予感していたのかもしれない。

そして私は……期待、していた？

慌てて首を横に振る。違う、そんなことない。期待なんて、してない。してない、けれど——

ふにゅふにゅと、泡のついた手で揉みしだかれる乳房。

滑る感覚が、震えるほど気持ちがいい。たまらない。おかしくなってしまいそう。

懸命に、理性を総動員して、感じないように我慢する。

ぷるぷると肩を震わせていると、そんな私の耳朶を、稔さんが柔らかに食んだ。

「ああっ」

ぞくりとする感覚は、ひたすらに甘い。膝が笑い始めて、体中が戦慄く。

天井から水滴が落ちて、浴槽にぴちゃんと落ちる。

静まりかえる浴室で、私の息づかいだけがやけに大きく聞こえた。

「は、はぁ、はぁ……っ」

稔さんは絞るように乳房を掴んで、ふるふると手の平でバウンドさせる。上下に揺さぶられるだけで、私の息は上がっていった。そして、稔さんの指先がツンと乳首に触れた瞬間、私の体はビクンと反応する。

「あぁああっ！」

まるで稲妻が走ったかのような衝撃。目の奥が、チカチカと火花を散らす。

「素直な反応だな」

小さく稔さんが笑った。

親指と人差し指で両方の乳首を摘まみ、泡でぬるぬると滑らせる。

「あっ、は、ぁ、泡……ダメえ……っ」

びくっ、びく。私の体が、私のものでなくなったみたいに、勝手に跳ねる。思わず稔さんの膝を掴んだ。

両方の胸の乳首を何度も何度も擦られ、ぬるついた指で扱かれ、頭の中がグルグルと渦を巻く。

おかしくなりたくないのに、どんどん、おかしくなっていく。

「ダメ……っ、は、ぁあっ、やだ……っ」

「嫌なら、逃げればいい」

「そっ……な……違うの……っ」

もはや、自分の口からどんな言葉が零れているのか、理解できていない。私は完全に稔さんの胸に背中を預けていて、どんなに力をこめても、するすると脱力していく。

泡のついた指で擦られると、なにも考えられなくなって、私の頭の中は、ただひとつだけを考えていて。でもそれを認めるのが、酷く恥ずかしい。

「気持ちがいい？」

耳元で、稔さんが甘く囁いた。

その声だけで、体が疼く。じくじくと、私の心がなにかを急かす。

彼の言葉は、間違いなく的中していた。

「は……っ、う、ン……っ」

けれども、なかなか口には出せなかった。

いやらしく体をくねらせる自分が滑稽で。あんなに嫌っていた自分の胸を弄られて感じているのが悔しくて。

稔さんに触れられると、なにもかもがどうでもよくなってしまう。

彼にすべてを任せたくなる。このまま身を預けたら、どんなに――

しかし、過去の私が今の私を責め立てた。結局私は、『彼』が口にした通り、いやらしいことが好きなのか、と。

違う、違う。そうじゃない。私は、こういうことが好きなわけじゃ、ない。

「……七菜。感じている君は本当に可愛いよ。どうか気持ちがいいと口にしてほしい」

その言葉に、私はかすれ声で喘ぎながら目を見開いた。

稔さんは、今、私を気持ちよくさせたくて、触れているんだ。いたずらとか、いじわ

ると か、そういうことがしたいわけじゃない。

「みのる、さん」

目がじわりと潤んだ。彼を見上げると、稔さんは優しく目じりを下げる。

ヌルリと、泡のついた指が、乳首をはじく。

「あっ、あぁあぁあっ」

それはもう、言い逃れができないほど、硬く尖っていた。

コリコリした感触を楽しむように、稔さんの指先が乳首を甘く引っ掻く。

「ヤっ、あ……、いい……っ」

力を失った手で稔さんの膝を掴み、呟く。

「きもち、いい、の……あぁ……っ」

口に出して、ようやく私は、自分自身の変化に気がついた。

そうだ。気持ちがいい……。他の誰でもない、稔さんに触れられてるから、感じているんだ。私、稔さんに触れてもらうのが、とても……好き。

痛くしないからじゃない。酷いことをしないからじゃない。

それはもちろん大切なファクターだけど、それだけじゃない。

稔さんを見ていると、胸の奥がきゅんと痛む。そして、優しい指が私に触れると、体が熱くなっていく。稔さんの瞳に、私しか映っていないのが、嬉しい。

稔さんは、小さく息をついた。そして、私の体をぎゅっと強く抱きしめる。

「よかった」

その声は、ホッと安堵（あんど）した様子で、稔さんが心配してくれていたのがわかった。

過去の多くを口にしない、だけど明らかに落ち込んでいる私を、思ってくれていたんだ。

どうしよう。その気持ちが、とても嬉しい。

きゅっと、心を握られたような感覚がした。苦しくて、痛くて、だけどドキドキしている。こんなにも密着していたら、私の胸の高鳴りが、稔さんにばれてしまうんじゃないかと思うくらいだ。

ふいに、稔さんの片手が、するすると動き始めた。泡のついた手は滑りがいい。私のお腹に移動して、そして……

「あ……っ」

びくっと体が震える。片腕で私を抱きしめる稔さんの力が、強くなる。

「嫌、か？」

内緒話をするように、耳元で囁（ささや）かれた。

私の顔は、きっと真っ赤になっているだろう。だけどもう、怖くない。

稔さんなら大丈夫。ううん、そうじゃない。私も望んでいる。

彼に触れられることを、喜びにしている。

私は首を横に振った。そして、自分でも驚くほどか細い声で呟く。

「いや……じゃない、です」

またひとつ、稔さんに許した。自分の心に掛けていた錠のひとつを、解いた気がする。

稔さんは私の承諾に、微笑んだ。そして、彼の指はゆっくりと私の秘められた場所に近づき、茂みを探る。

「ん、んんっ」

それだけで、私の心はドラムを叩き、体の熱がぐんぐん上がっていく。

くちりと音を立てて、秘所が割られた。その隙間に彼の指が入り込む。

「あぁあああっ」

ヌルリと滑る指が、ぞくぞくした感覚を運ぶ。腰から背中にかけて、さざなみのような衝撃が走った。

はあ、と稔さんが熱いため息をつく。

「七菜……。指に泡がついていては、わからないな」

「――え？　きゃ！」

急にぐいっと体を抱き上げられた。

――え、男の人って、大人の女性を、そんなに軽々と持ち上げられるものなの？

稔さんは、あたふたしている私を浴槽のフチに座らせ、私の膝をぐいと上げた。

「ひゃわ！」

カッと顔が熱くなる。だって、そんな風にされたら――

「これで、よく見えるな」

「み、見ないで……っ」

もっとも隠すべき秘所が、彼の前で露わになっている。恥ずかしくてたまらない。稔さんはシャワーのコックをひねり、自分の手で湯の温かさを確かめてから、私の秘所に当てた。

「あっ、あぁ……！」

ビクビクと体が震える。自分で洗っている時は、感じたりなんてしないのに。

どうやら稔さんは、秘所についた泡を流すことが目的で私をここに座らせたらしく、一通り湯を流し終えると、シャワーを止めた。

そして、改めて私の前に跪き、膝を掴み、自分の肩にのせる。

稔さんの目の前に自分の秘所がある。それが耐えがたいほどの羞恥を誘い、私はぎゅっと目を瞑った。

「ああ、これが七菜の性器か」

「か、感慨深く言わないでください！」

「なぜだ。見たくてたまらなかった。ようやく七菜のすべてを見ることができて、嬉しい」

稔さんは口調こそいつも通りだったけれど、明らかに声がうわずっていた。

もしかしたら、彼は興奮しているのかもしれない。チラ、と薄目を開けてみると、稔さんは険しい顔つきで私の秘所を凝視していて、そのお腹の下にある彼のものが、しっかりと上を向いて赤く充血していた。

「――っ！」

は、恥ずかしすぎる！　一緒にお風呂って、心が壊れてしまいそう。

それなのに、稔さんは私の秘所を、両手でぐいと広げる。

もう羞恥で頭がおかしくなる。ぐるぐる回って、のぼせたようにふらふらだ。

「ああ、やはり……だ」

ちゅく、と音を立てて、稔さんの指が私の秘所を探る。割れ目を擦るように指先で触れられて、私の体はびくりと戦慄いた。

「濡れているな」

水とは違う、ぬめりを帯びた感触を知り、稔さんが目を細める。

彼は、お風呂では眼鏡を外していた。ずっとうしろから抱きしめられていたから、ちゃんと見ることができなかったけれど、今は眼鏡を外した稔さんの顔がしっかりわかる。

眼鏡を外して、髪を下ろした稔さんは、やっぱり職場で見る彼とは少し印象が違っていて、少しだけ若く見える。でも、いつも以上に色気があって、どこか獰猛さがあった。

まるで、理性を脱ぎ捨ててケダモノになったような、獲物を狙う瞳。

ぞくっと体が震える。

秘所の割れ目に触れていた稔さんが、くすりと笑った。

「なにに感じている？　蜜が溢れているぞ」

「そ、それは……っ」

眼鏡のないあなたの顔が、ひどく魅力的だったから——なんて、言えない。

「言わないのなら、口に出させるまでだな」

ふ、と目じりを下げた稔さんは、私の秘所を大きく開いた。そして、あろうことか、私のそこを舌で舐め始めた。

「あぁあああっ！」

その瞬間、信じられないほどの快感が体中に襲いかかる。

「だ、ダメえ、そんなところ、舐めちゃ、ダメ……っ」

信じられない。ダメだ。汚いし……いや、洗ったけれど、そういう問題じゃない！

私は慌てるあまり、稔さんの髪を掴んでしまった。けれど、彼の両手はしっかりと私の秘所を開いているし、舌の動きも止まらない。

いやらしさを孕んだ赤い舌が、まるで私に見せつけるように、躍る。

ちゅくっ、ちゅ、ジュク。

はしたない水音が浴室に響き渡った。彼は秘所の襞をめくり、くまなく舐める。

「あぁっ、あ、イヤ、だ、め」

稔さんの髪を掴む私の手が、ぶるぶると震えている。

ぽたり、と私の口の端から、唾液が落ちた。抗えない快感に耐えるので精一杯で、他の自制がきかない。

「声は、嫌がっていないな？」

割れ目を舌で辿った稔さんが、獰猛な笑みを見せる。

稔さんでもこんな表情をするんだと思ってしまうくらい、その表情は艶やかで、好戦的で、ドキドキした。

ちゅくっ。

稔さんが秘芯に吸い付く。

「あぁあンっ！」

衝撃のような快感に、背中が反った。がくがくと体が戦慄く。

コロコロと舌で嬲られ、私は口を開けて荒く息を逃す。

「イヤ……おかしく、なっちゃう……っ」

「ああ、なんて可愛い顔をしているんだ、七菜」

顔を上げた稔さんは、うっとりと私を見つめ、頬を撫でる。そして指で私の蜜口を探り、ゆっくりとその指を、膣内に侵入させた。

「あ、イっ……はぁ……っ」

寄せては返す、官能の波。背中がぞくぞくする。

「ほら、このまま指で、君の中をほじってあげよう」

「ダメえ……っ」

「そう口では言っていても、その表情で嘘だとわかってしまうな」

くすくすと稔さんがいたずらっぽく笑う。そして、膣内に埋めた指を動かし始めた。

「あっ、ア、ぁあっ！」

体が戦慄く。指の先を曲げて隘路をえぐり、ヌルヌルと指を抜く。ぐちゅりと淫靡な音がして、私の中から蜜が溢れ出た。

こんなに感じているなんて……。自分の蜜と、稔さんの唾液でしとどに濡れた性器は、もはや私に快感しかもたらさない。

稔さんはもう一度指を蜜口に侵入させ、次は膣奥をグリグリと指先で擦る。

「あっ、あっ、ンッ」

同時に秘芯に舌を這わせ、ちゅ、ちゅっ、とリップ音を鳴らして、吸い付く。

恥ずかしい。たまらない。でも……気持ちいい。

「さあ、言って。さっきはなにに感じていたんだ？」

秘所をあますところなく愛撫されて、ふにゃふにゃになった私の脳は、なにも考えてくれない。ただ、稔さんが問うままに、答えてしまう。

「め、眼鏡を外してる、稔さんが……」

「眼鏡？」

ちゅく、と音を立てて秘芯を吸った稔さんが、意外そうな声で問い返す。ビクビクと私は震えて、唇の端からぽたぽたと唾液を零しながら、泣き声で呟いた。

「かっこよくて、素敵で、どきどきして……だから……」

自分でも、なにを言ってるかよくわかっていない。

からっぽになってしまった頭で、とりとめのない言葉を口にする。

稔さんは、とても苦しそうに「はあ」とため息をついた。

「七菜。君は……、俺の情欲を煽るのが、とてつもなくうまい」

絞り出すような声で呟いた後、稔さんはヌプリと音を立てて、膣内に埋めていた指を勢いよく引き抜く。

「ああっ‼」

その感覚にびくんと反応した。稔さんはそのまま蜜口を大きく舐めて、舌先をヌルリと侵入させる。

ぬめる、のたうつ、生ぬるい舌。

「あぁああっ！」

思わず私は快感に叫び、彼の頭をぎゅっと掴む。

「七菜、俺は、君をおかしくさせたい」

彼が言葉をしゃべると、熱い息が秘所に当たる。それだけで私の体は過剰に感じて、体を震わせた。

「おかしく……って、あ、ああっ」

もう、十分におかしくなっている。だからもう、許して。

そう思っているのに、稔さんは私の秘所を嬲り続ける。

硬く尖らせた舌先で蜜口をチロチロと舐めて、キスをするように吸う。

ちゅっ、と、酷くいやらしい音が浴室に響いた。

同時に、トロトロとはしたなく零れる私の蜜と、彼の唾液でヌルヌルになった秘芯を指先で弄られた。指先でくにくにと転がされると、目の奥で火花が散るようにチカチカする。

「イッ、あぁ、いや、あああっ」

ガクガクと私の体が、痙攣を起こしたように大きく震える。

大きく開けた口からは、だらしなく唾液が垂れていて、だけど、口を閉じる余裕もない。

ダメ、もう、すでにおかしくなってる。これ以上は、自分でも制御がきかない。

ぐんぐんと熱が頭に上(のぼ)っていって、なにもかもがどうでもよくなって。

頭の中が、白く、白く、染まる――

「あぁあああぁっ！」

それは初めての感覚だった。快感が頂点に達したと言えようか。後になって恥(は)ずかしくなってしまうほど大声を上げた私は、はあはあと息を荒らげて、力を失う。

そんな私を抱き留めた稔さんは、ぎゅっと優しく抱きしめてくれた。

「イッた時の七菜の表情。とろけそうなその顔が、たまらないほど可愛い」

私は、なにも答えることができない。すっかり脱力している私を見て、稔さんはくすりと笑う。それから私を抱き上げた。

「もう一度、湯船に浸かろう。今はただ、君のその顔を見ていたい」

ちゃぷんとお風呂に入ると、じんわりした温かさが私の体を包み込む。

稔さんは私をずっと抱きしめていて、まるであやすように、頬を撫(な)でてくれていた。

彼の表情は幸せそうで、私の心の中にあるなにかが、不思議と満たされていく。

その感覚は、悪いものじゃなかった。まるで私まで嬉しくなるような笑顔を見せてくれているからだろうか。

私は、そんな稔さんを、ずっとぼんやり眺めていた。

第五章　意気消沈に、心は絶望の雨を降らす

六月の快晴は、時に真夏のごとく暑い。

そして、六月も中頃になると、うだるような湿気が増す。雨も増える。

つまり今日はせっかくの休日であるのに、気分が滅入るほど、不快指数の高い蒸し暑さである上、雨だった。

「雨なら雨で、もう少し涼しくなってもいいですよね……」

「確かに、ぬるいという言葉が似合う気候だな」

梅雨まっただ中の日曜日。私と稔さんは家を出た瞬間、辟易した声を出した。

「早く買い物をすませて、家で休もう」

稔さんが車のリモコンキーを押してロックを解除する。

「そうですね」

私は助手席に乗り込み、シートベルトを締めた。

今日はあいにくの雨だけれど、私達は朝から掃除に励み、商品の視察も兼ねて近所のお店に赴くことにしたのだ。

「稔さん、ホームセンターへ行く前に、百円ショップに寄りましょう」

「かまわないが……なにかほしいものでもあるのか？」

「ホームセンターでうちの商品の品揃えを見る前に、百円ショップを見たほうがいいと思って」

私の言葉に、稔さんは不思議そうな顔をした。

もしかすると、彼は一度も百円ショップに行ったことがないのかもしれない。それなら余計に、見たほうがいいだろう。商品開発のヒントになると思うから。

疑似夫婦生活は、早くも一ヶ月を過ぎていた。

稔さんと暮らす生活には、日を追うごとに馴れていき、今はすっかり緊張も解けている。

それは彼がいつも私に優しいからだ。あまり表情は動かさないし、話し方は前と変わらないけれど、稔さんに対して気負わなくてもいいと気がついてから、私はみるみる肩に入っていた力が抜けた。

最初は恐縮もしていたけれど……。稔さんは決して無理はしていない。極めて自然に気を使ってくれるから、私もすんなりと受け入れることができるようになった。

自分の寝室は神経質なほどキチンと整えているのに、私の掃除のやり方や、片付けに文句をつけたりしない。彼からしてみれば、私は不器用だし、そこまで完璧にできているわけではないと思うのに『君のやり方でいい』と言ってくれる。

そして、私が掃除をし始めたら手伝ってくれるし、私の手では届かない場所は積極的に綺麗にしてくれる。

お料理の腕は……現時点では稔さんが遥かに上だけど、私の出来合いばっかりのお料理を、いつも嬉しそうに食べてくれる。

ちなみに、これに関しては、いつまでも稔さんの厚意に甘えてはいられない。目下、料理は修業中である。私はいつか、稔さんをあっと驚かせるような本格中華を作ってやるのだ。

稔さんのおかげで、私は随分前向きになれた。元々私はポジティブ寄りの性格をしていたけれど、元彼との確執が原因で、すっかり男性が苦手になっていたのだ。

臆病になっていた私の心を、稔さんは優しく開いてくれた。

日常を共に過ごす時のやりとり。そして、夜の触れ合いを通して……

「うっ」

「どうした?」

急にうめいた私に、稔さんが声をかける。

「い、いや、なんでもないです」

笑ってごまかして、私は彼に気づかれないようため息をついた。

危ない。稔さんと過ごした夜を思い出して声を上げてしまったなんて、口が裂けても言えないもの。恥ずかしすぎる……

　でも、あの触れ合いが私の心に変化をもたらしたのは事実だ。

　男性が皆、怖いのではない。ちゃんと優しく接してくれる人もいるんだって、私は稔さんを通して思い出すことができた。

　これはとても大きな前進だろう。踏み出す勇気もなくて逃げていた私が、正面から男性と向き合えるようになったのは、稔さんのおかげだ。

　だから、とても感謝している。でも、やっぱりアレは恥ずかしい……

　——この一ヶ月で、稔さんは隙あらば私に触れてくるようになった。ごはんを作っている時にうしろからギューされたり、一緒に寝ようか、なんて夜に誘われたり。触れる、と言っても本当に触るだけで、決定的な行為をしたわけではないのだけれど。

　情けないことに、私は完全に絆されている。稔さんのぬくもりは安心するし、寄り添って寝るのも気持ちいい。

　稔さんに守られているという実感が湧くからだろうか。

　男性恐怖症が克服できかけているのはいいことだけど、稔さんにくっついて安堵する傾向は、あまりよくない気がする。

　私ももっとしっかりして、大人の女として自立しないといけないよね。

　それに、稔さんに助けてもらってばかりでは格好が悪い。

この疑似夫婦の関係は、ハバタキユーズの商品開発にも関わっている。だから私は、もっと稔さんの役に立ちたいのだ。

　というわけで、百円ショップである。

　雨の日だというのに、店内はたくさんのお客さんで賑わっていた。私達と同じように、休日は買い出しする家庭も多いのだろう。

「こういう店の存在はもちろん知っていたが、中を見るのは初めてだ」

「やっぱり。そうだろうと思いました」

　予想が的中して、私は頷く。

「ハバタキユーズの商品と百均の商品って、特に消耗品に関して似ているものが多いんですよね」

「なるほど。日用品や家庭用品、工具に、園芸用品もあるのか。向こうにはなにがあるんだ？」

　きょろきょろとあたりを見回した稔さんが、ふらふらと歩いていこうとする。私は慌てて彼の手を握った。

「そっちは食品売り場です！　だから、見て回るならこっちから……あっ」

　はたと我に返る。私、思わず……稔さんの手を。

「ご、ごめんなさいっ」

パッと手を放した。

嫌だもう、なにやってるの私。掴むなら、袖にすればよかった。

だけど稔さんはすかさず私の手を掴み直した。そして、ぎゅっと力を込める。

「謝る必要はない。このまま繋いで行こう」

「え、で、でも……」

おてて繋いで百円ショップでお買い物……って、なんか、恥ずかしいような。私の顔が、かーっと熱を帯びていく。

「な、なんか、らぶらぶ新婚夫婦……みたいじゃないですか？」

微笑ましいというより、頭がお花畑っぽいの。生ぬるい視線を受けそうな類の。

すると、稔さんは眼鏡の奥にある瞳をゆるく和ませる。

「らぶらぶ新婚夫婦に見えるのなら僥倖だ。これからも積極的に手を繋いで歩きたい」

「ごふっ」

なぜだろう。稔さんの口から『らぶらぶ』という言葉が出てくると、なかなか破壊力がある。だが、私が衝撃を受けているのにかまわず、稔さんは私の手を繋いだままテクテクとマイペースに歩き出した。

「俺は、七菜とらぶらぶになるのを目指しているのだから、らぶらぶに振る舞うのは当然のことだ。これを機会に、よりいっそうのらぶらぶを目指していきたい」

「らぶらぶを連呼しないでください！」

手を繋ぎながら、全力で突っ込みを入れる。すると、稔さんは私を見てにっこりと微笑んだ。

ドキッと、胸の鼓動が大きく音を立てる。

「七菜が俺の手を握ってくれたことが、とても嬉しい。君の手は柔らかくて、温かいな」

「ひ、ぇ……？」

驚きすぎて、うわずった声が出てしまった。

——な、な、公衆の面前で、なにを言っているのか!?

顔に熱が上がって口をぱくぱくさせる私を見つめ、稔さんは私の頬を撫でた。

「どうした、顔が赤いぞ。熱があるのか？」

私の額に手を当て、それから自分の額にも触れ、体温を測る。

いや、私を熱くさせているのは、あなたの言動なんです！

熱を測っている場合じゃなくて、無意識にそういう甘い言葉をストレートに言わないでほしい。ふいうちに弱い私は、心臓が持たないのだ。

もう、困る。嫌じゃない……けど、非常に困る。

「熱なんてありませんっ」

「なにを怒っているんだ？」

「お、怒ってません」

単にドキドキしているだけです。……なんて言えるわけがない。

稔さんは、意外に罪作りな人なのかもしれない。まさか普段もこんな風に、サラッと女性に甘い言葉を言っているのだろうか？

……なんだろう。なぜかムカムカしてしまう。

私は自分の心を持て余しながら、稔さんの手を引いて歩く。

最初に見たのは掃除用品。次にキッチン用品。最後に園芸用具や、工具を見にいった。

「ふむ、こんなものまで百円で売っているのか。思った以上に商品の点数が多いな」

稔さんは感心したように、工具の売り場を眺めている。そんな彼を、私はジトーっと睨んでいた。……いや、睨みたくないんだけど、勝手に睨んでしまうのだ。

だって、稔さんがもし無自覚の天然さんで、誰彼かまわず、私にかけるような言葉を口にしていたら……

間違いなく、勘違いしている女性もいそうだ。会社では恐れられているけど、やっぱり密かにモテているんじゃないだろうか。だって、顔も素敵だし、スタイルもよくて、仕事ができて……しかも社長の息子だし。

わ、私なんかじゃ、絶対太刀打ちできないような、綺麗な女性に好かれていてもおかしくない。そうだったら、私はどうしたらいいんだろう。

って、なんで私が困らなきゃいけないの？　だってこれは疑似で、期間限定の夫婦だし。

でも、稔さんは私が好きだと言っていて、一緒にいたい……なんて言ってくれている。

けれども、やっぱり素敵な女性がバーンと現れて「稔さん素敵、大好き！」なんて告白したら、コロッといかないだろうか。だって男性は美人な女性が大好きだもの。元彼だって、美人で巨乳の新入生が現れた途端、私をメール一通でポイして無視したし。

むむ。思い出したら、イライラしてきた。元彼のことは忘れよう。

「……菜。七菜？」

耳元で、ひどく艶やかな美声が聞こえた。ハッとして顔を上げると、隣には心配そうな表情を浮かべる稔さんがいる。

「どうした？　やはり、気分が悪いのか？」

「う、ううん！　そ、そんなこと、ない」

慌てて首を横に振った。私ったら、なにを考えていたんだろう。誰が稔さんを好きでも関係ないじゃない。

でも、稔さんって、どれくらい告白されてきたんだろう。一度もないってことはないよね。学生時代に女性とつきあったことだってあると言っていたし。

……誰かの隣にいることを、何度かは、嬉しいって思ったことも、あったのかな。

「七菜が言うとおり、百円ショップに来てよかった。こんなにも種類豊富だとは思わなかったし、俺が予想していたよりもしっかりした作りのものが多い。これは確かに、ハバタキユーズにとって脅威と言える存在かもしれないな」

「そ、そ、そうでしょう？　ま、前からそれが言いたかったんですよ」

私は、どもりつつ頷き、陳列棚に並ぶ工具のひとつを手に取った。

「商品の完成度は間違いなくハバタキユーズのほうが上ですが、普通の消費者にとってみれば、これで十分実用的なんですよ。それが、ずっと私が感じていた懸念です」

「確かに、低価格というのはそれだけで大きなアドバンテージだ。……なるほど、君が言いたいことが理解できた。ウチが『質』を求める会社である以上、この低コストを超える付加価値をつける必要があると言いたいわけだな」

「そういうことです。もちろん、稔さんは最初からわかっていると思います。でも、こうやって店に入って、商品を手にして、自分の目で見るからこそ、わかることもあるんじゃないかって思ったんです」

私が稔さんにしてあげられることなんて、実際のところはほとんどない。思いついたのは、稔さんが今よりもいいアイデアを生み出すきっかけになればいいと、様々な場所に稔さんを連れていくことだった。

「その……。少しは、新商品開発のヒントになりましたか？」

おずおず聞くと、稔さんは満足そうに頷き、私と繋いだ手をぎゅっと握った。

「ああ。いい『気づき』をもらえた気がする。先にここへ行こうと七菜が言ったのも、ようやく理解できた。ここからホームセンターを視察し、自社製品と見比べることで、よりよい付加価値のアイデアに繋がると考えたんだな」

「は、はい。テスター生活の中で自社製品を色々試してみて、思ったんです。ひとつひとつ、商品の質は確かにウチが上ですけど、もっと工夫できるところがあるんじゃないかって」

消耗品に過ぎないスポンジひとつにしても、気が遠くなるほどたくさんある『類似商品』から確実にハバタキユーズの商品を手に取ってもらうために、開発部はまだまだできることがあると思うのだ。

残念ながら、その具体的な方法が思いつけるほど、アイデアの引き出しがあるわけではないけれど……

「改良の余地がある商品はまだまだあるし、新製品も、そんな改良を繰り返していけば、今までにないまったく新しいものが思いつけるんじゃないかと、考えました」

私は、稔さんを見上げる。彼は静かに私を見つめ返した。

「ちょっとは、私も……お役に立てましたか？」

おずおず訊ねると、稔さんは眼鏡の奥にある瞳を優しく細めた。

ドキッと心が跳ねる。

——もう、本当に……彼の笑顔は、心臓に悪い。

「もちろん十分すぎるほどだ。しかし、俺は君に、役立ってほしいわけじゃない」

「私も開発部の一員です！　新商品の開発プロジェクトの末席に座らせてもらっている以上、少しは貢献したいんです」

いるだけでいいなんて辛い。私だって少しは役に立つのだと、わかってもらいたい。

私の訴えに、稔さんは困ったように頭のうしろを掻いた。

「すまない。俺の言い方が悪かったな。仕事としてなら、君は十分すぎるほど貢献してくれている。だから、ありがとう」

優しく微笑まれて、私の顔はぼっと火がついたように熱くなる。慌てて頬を両手で挟み、俯く。

「み、稔さんのそれは……、誰に対しても、なんですか？」

「どういうことだ？」

稔さんが首を傾げる。私は早口で言葉を重ねた。

「そ、その。いきなり可愛いとか、手を繋ぐのが嬉しいと言ったり。それに、稔さんの笑顔……誰にでも、そうやって優しく微笑んだりするんですか？」

そうだったら困る。いや、具体的になにが困るのと聞かれたら、答えられないのだけど。

でも、稔さんは不思議そうに首を傾げた。

そして、いつも通りの口調で言う。

「俺が笑う？　俺は、君に笑っているのか？」

「え？　自覚なかったんですか。いつもニコニコしてますよ」

私が答えると、稔さんは「そうか……」と呟き、顎を撫でた。そして、私をまっすぐに見つめる。

「それなら、俺が笑うのは、きっと君にだけだ」

「え？」

「俺は普段、笑う必要を感じないから笑うことはない。けれど、七菜と一緒にいると幸せで心が満たされる。君の優しさに触れて穏やかになれるから、自然に笑ってしまうんだと思う。だから、七菜にしか笑うことができないし、これからもそうだろう」

「な、な……っ」

かーっ、と顔に熱が上がっていく。だからなにを、この人は、公衆の面前で。

稔さんは私の手を持ち上げると、ゆっくりとそこに口づける。

私の体は、石になったみたいにピキッと固まった。

「愛している。俺が好きになったのは七菜だけだ。俺にとってこの言葉は、君だけのためにある」

「は、はぅ、……は」

場所は百円均一ショップ。休日である今日はお客さんも多くて、当然私達の周りにも色々なお客さんがいて。

ちょうど私達の隣でスパナを見ていた中年男性が、稔さんの超絶甘い言葉を聞いてギョッとしたようにこちらを見た。

そして、サッと顔をそらして、見ない振りをしてそそくさと去っていく。

――は、恥(は)ずかしい！　辛い！　いたたまれない!!

私はなんてことを稔さんに訊(たず)ねてしまったんだ。今後一切、彼にはこういうことを聞かないようにしよう。空気が、雰囲気が、練乳にハチミツをまぜて角砂糖の上にトロトロかけたようなドロ甘になってしまう！

それにしても、稔さんは本当にまっすぐで、よそ見をしない人なんだな。

人のことをストーカーしたりプライベートを調べたり、研究したり。わりとやってることは犯罪スレスレなのに、なぜか許してしまうほど、稔さんには邪(よこしま)な意思を感じない。

純粋に私のことが好きで、私のことをなんでも知りたいから、調べてしまうのだ。

……正直なところ、私にそこまでの魅力があるとは思えない。

けれども、稔さんの気持ちは本物なのだと、何度も再確認できる。

それは嬉しくて、どこかこそばゆくて……。そして、心がじんわりと温かくなる感情を、私に運んだ。

◆◇◆

ザー……と、雨が降る。

六月の後半。梅雨はまだまだ明ける気配がない。

疑似夫婦生活を始めて一ヶ月半が過ぎた、とある平日。

会社の昼休みに私は女性社員用の休憩室に移動し、端の席に座って電話をかけた。

最悪の再会を果たしてから気になっていたこと。

『あの人』に関する情報を、詳しそうな人から聞こうと思った。

電話の相手には事前にメールで、今日のお昼休みに電話をすると、すでに伝えている。

しばらくコール音が鳴った後、スマートフォンから『はい』と、女性の声が聞こえた。

「あっ、こんにちは。お久しぶりだね～」

『久しぶりだね！　去年の、マヨちゃんの結婚式以来かな～？』

「そうだね。私は元気にしているよ。そっちは最近どう？　仕事忙しい？」

『まあまあかな。でも、また飲みにいきたいね～！』

世間話に花が咲く。私はテーブルに置いていたお茶を一口飲んで、しばらく会話を楽しんだ。

相手は、大学時代の同級生。明るくて社交的で、先輩とのつきあいも多かった友達だ。彼女は噂好きという一面もあるので、『あの人』に関する噂話もいくつか聞いているのではないかと思った。

「あのね、今日電話したのは、北川亮一さんのことについて聞きたかったからなの。あの人について、最近なにか噂、聞いてない？」

お茶を飲んで唇を湿らせて、私は少し緊張しながら訊ねる。

すると、電話口の向こうで、友達は『あー……』と、困ったような声を出した。

『北川さんね。最近、ちょっとヤバそうだよ』

苦々しく、声を潜めて友達が言う。私はコクンと生唾を呑んだ。

『それにしても、どうしていきなり？　七菜ちゃんはもう、あの人とは終わったんでしょ？』

「うん。でも、この間、私の会社でバッタリ会っちゃったんだよね。取引先の営業だったみたいで、私もびっくりしたんだけど」

私が答えると『そりゃ災難だったねえ』と、友達が同情したような声で返す。

『前にさ、OB・OG会があったんだよね』

「うん。亮一さんから聞いたよ」

『そっか～。七菜ちゃんは、北川さんのことがあるから、そういう会に来れないもんね』

そう。私は大学を卒業してから一度も参加していない。理由はただひとつ。亮一さんが必ず出席するからだ。

そのあたりの理由も、友達はちゃんとわかってくれている。

『でさ、その会で、北川さんがグチグチ文句言ってたんだよね。なんでも、会社の専務の娘さんとつきあってるみたいで。最初はペラペラ自慢してたんだけど～』

なるほど。専務の娘さんだったら、確かに会社員としては勝ち組みたいなものだよね。うまく専務に取り入れれば、自分も将来役職に就けるかもしれないし。

『でもさ～その娘さんが、嫉妬深くてワガママで手を焼いてるんだってさ。かなり束縛が激しいらしくて、息が詰まるって言ってた。その上、デートのたびに大金が飛ぶんだって。でも、娘さんも娘さんだけど北川さんも身の丈に合わないというか、どうせ見栄張って背伸びしてるんだろうなって皆思ってたよ』

「あはは。なんか、あの人は相変わらずだね」

私はため息交じりに笑った。そう、亮一さんは最初こそ優しくて紳士的な人だったけれど、本当はとても見栄っ張りで、自分をよく見せるために、他人をバカにしたりする。……私も、彼が本性を現してからは、よくけなされていた。

『それに、仕事もうまくいってないみたい。会の終盤はお酒に酔って荒れ始めてさ。ぐちぐち腐り出すし、すんごい面倒だったよ～』

「お疲れ様だったね……」

その時の様子を想像すると、友達の苦労がわかる気がした。亮一さんとつきあっていた頃、お酒に酔った亮一さんの介抱は私ひとりでやっていたのだ。……とても、大変だった。

私が当時を思い出していると、急に友達は声を潜める。

『これ言うと、七菜ちゃんは嫌がると思って言わなかったんだけど……』

「う、うん。なに？」

私もつられて小声で話してしまう。

『七菜ちゃんのこと、話してたよ。私に絡んできてさ、七菜ちゃんの近況とか、住所とか、働いてる会社とか聞いてきたんだよ』

「え……。私のことを？」

問い返すと、友達は慌てて言葉を付け足した。

『私は黙ってたんだよ！　なのに、先輩のひとりが勝手に、七菜ちゃんがハバタキューズに就職したってばらしてさ』

「ああ、だから……か」

ようやく納得する。亮一さんはエレベーター内で、私の就職先を聞いたと話していたのだ。確かに卒業式の謝恩会で就職の話題になった時、何人かに就職先を教えた。

『そしたら北川さん目を据わらせて。なにちゃっかり勝ち組になってやがるとか、ブツブツ言っててさ。皆気味悪がって、北川さんちょっとヤバイかも、って話してたんだ』

黙っていてごめんね、と友達が謝る。私は首を横に振って「気にしないで」と返した。

勝ち組ってどういうことだろう。確かにハバタキユーズは大企業だ。業績もよくて、従業員の待遇もいい。今時珍しい『ホワイト企業』と言えるかもしれないけれど。

『あのさ、そんな感じだから、七菜ちゃんは北川さんに会っても相手にしちゃダメだよ』

おずおずと、でも、しっかりした口調で、友達が助言をしてくれる。

『あの人の言うこと、なんでも聞いていたのは……七菜ちゃんだけだったからね』

その言葉に、私はぎゅっとスマートフォンを握る手に力を込める。

友達の言うとおりだ。私は本当に、なんでも言うことを聞いていた。そうしなきゃいけないと思い込んでいたから。逆らうのが怖かったから。

──つきあった最初は、私も好きだと思っていた。けれども、最後のほうは、もうわからない。好きという気持ちが残っていたのか、それとも、痛いことをされたくないから別れなかったのか。彼の言うことを聞く理由が、自分でもわからなくなっていた。

「色々、教えてくれてありがとう」

『別にいいよ。ホントに気をつけてね。今度、飲みにいこうね』

「うん。またね～」

私は電話を切って、ふぅと息をつく。

エレベーターで会った時の亮一さんの様子。そして、力尽くで私を連れていこうとした時の、すくみあがるような怖い目。

あの時は、恐怖で頭が働かなかったけれど、よく思い出してみると、彼にはどこか『焦り』のような感情が見え隠れしていた。そして、稔さんに助けてもらった時の、彼の反応。

稔さんが社長子息だと知っていて、それを妬んでいるような感じだった。

あれはどういう意味があるのだろう。わからないけれど、友達の助言を思い出す。

——七菜ちゃんは、北川さんに会っても相手にしちゃダメだよ。

確かに、それが一番だ。彼がなにを考えていたとしても相手にしなければいい。

彼はもう他人。私と関係のない人なのだから。

そう気持ちの上では見切りをつけて、私はスマートフォンを片付ける。

でも、心の奥では完全に断ち切れない不安のようなものが、ずっと渦巻いていた。

終業時刻を迎え、私はオフィスの人達と挨拶を交わしてロッカールームに向かう。そしてスマートフォンのアプリを使って、稔さんにメッセージを送った。

これは、亮一さんに会った日からずっと続けているやりとりだ。

どうやら彼は毎日、会社の出入り口で私が出てくるのを見張っているらしい。それを稔さんは心配して、私はできる限り稔さんの車に乗って帰宅していた。

当然ながら、稔さんは多忙な人なので、私が気をつけながらひとりで帰るという選択肢も当然あるのだが、稔さんに「そこだけは譲れない」とお願いされた。

普段、淡々としてクールな稔さんが、辛そうに眉を歪め、切なく私を見つめていた。

そんな顔をされたら、言うことを聞くしかない。

稔さんは亮一さんと違って怖さはないけれど、彼のお願いにはできる限り従っている。

私のことを本当に心配してくれているがゆえに、彼のお願い事はできる限り聞いて、安心させたいと思ってしまうのだ。

仕事が終わったよ、とメッセージを送ると、しばらくして、ピロンと音が鳴る。

『あと一時間でこちらも終わる。いつも通り、車の前で待ち合わせよう』

『わかりました。いつもありがとうございます』

『気にするな。こちらこそ、仕事が長引いてすまない。二階のカフェで時間を潰していてほしい』

私はコクリと頷き、スマートフォンをカバンに入れて、二階のカフェに向かう。

ハバタキユーズは、社員食堂と別で、社員専用のカフェもあるのだ。つくづく従業員に優しい企業である。

私みたいな、特技もなく頭が際立ってよかったわけでもない人間が、この会社に入社できたのは、奇跡だったのかもしれない。

しばらく、アイスコーヒーを飲みながら小説を読んだりスマートフォンをいじってヒマを潰(つぶ)し、一時間経ったことを確認してから後片付けをして、社員専用の駐車場に向かった。

きょろきょろとあたりを見回すと、稔さんはすぐに見つかる。

彼は自分の車を背もたれにして、こちらを見ていた。

「稔さん！」

私は手を振って、彼のもとに走っていく。

だけど——その時。

「やっと、見つけた」

うしろから、誰かに私の手首が握りしめられた。

え？　と、戸惑いに体が硬直する。車の前に立っていた稔さんは、ガラリと表情を険(けわ)しいものに変えて、こちらに向かって走ってくる。

私は、振り向いた。

そこにいたのは、北川亮一。

彼はにたりと嫌な笑みを見せ、舌なめずりをするように、唇を舐める。

「毎日毎日、俺は欠かさず待っていたのに。こんなところからコソコソ車使って出入りしてたなんてな。そんなに俺に会いたくなかったのか？　薄情なやつだ」

グイッと力任せに手首を引っ張られた。

「痛い！　やめて……」

「その手を、今すぐ放せ」

まるで氷のように冷たい声があたりに響く。私はビクッと体を震わせて前を向いた。

私の傍に駆け寄った稔さんが、今までに見たことがないほど、怖い顔をして亮一さんを睨んでいる。

「取引先の営業といえど、許可証なしに敷地内へ入ることは許されない。即刻出ていけ」

怒気を孕んだ声で命令する。頭ごなしに言葉を荒らげる稔さんなんて、初めてだった。

会社では常に敬語で、私と話す時は穏やかな口調だったから、余計に迫力があって怖い。

だけど、亮一さんにはまったく効いていないようだった。

怖がるどころか、いっそう笑みを深める。

「これはハバタキユーズの御曹司サマ。随分この女を気に入っているようだが、俺のお下がりでご満足されるなんて、意外と『中古品』でもイケるクチなんだな」

カッと私の顔に熱が上がった。同時に、稔さんが鋭く息を吐く。

「俺に挑発は効かない。その手を放さないのなら、警備員を呼ぶまでだ。そして、君の会社に報告する」

「いやいや、俺は別に、あんたを挑発してるつもりはないし、用が済んだらすぐに帰るさ。ただ、あんたがこいつとつきあってるなら、色々と教えてあげないとなあと思ったんだ。なにも知らずにつきあっているのは、可哀想だからな」

なにを、言っているのだろう。稔さんは険しい顔をしたままだ。でも、私は小さく「やめて」と呟いた。

嫌な……とても、嫌な予感がする。

「七菜ってさ、強気で押せば大体なんでもヤラせてくれるだろ？　昔からこうだったんだ。俺の言うこと、なんでも聞いてさ。どんなにえげつないことでもやってくれた。バカみたいに従順で、イヌみたいだった」

ははっ、と笑って、亮一さんはスーツのポケットからスマートフォンを取り出す。

「ここに、全部残してある。七菜のエロい動画やら写真やら、たくさんな。それをこのお坊ちゃんに見せてやらねえと、七菜のすべてを理解しているとは言えないだろ」

私は目を見開いた。思わず衝動的に、彼のスマートフォンに手を伸ばす。だけど、亮一さんはサッと私の手をかわした。

「なあ、そうだろ？　七菜。どうせそのエロい体で、この御曹司をたらしこんだんだろ。

それなら、なに見せたってかまわないよな？」

「やめてください！」

「ああ、どうせならとびきりエロいやつにしよう。傑作なやつだ」

ははは、ははは。

亮一さんが笑う。私を傷つけたくてたまらないようなその笑顔が、私に現実を突きつける。

私は、言い逃れができないほど、この人の『元彼女』なんだ。

この人とつきあって、この人に組み敷かれ、この人の言うことをなんでも聞いていた。

どんなに嫌だと思っても、怖くて仕方がなかったといっても、それが本当のこと。その過去を、消すことはできない。

「七菜。俺を見ろ」

綺麗（きれい）な湖のような、澄み渡る声。ハッと顔を上げると、そこには真剣な表情をした稔さんがいた。

「言っただろう。俺は、君の過去には興味がないと。そんなものは、関係ないんだ」

はっきりと言葉を口にする。

この人は——本当に、いつだって嘘をつかない。そして、私がほしい言葉を、まるで心を読んだように言ってくれる。

だけど、そんな私の思考を邪魔するように、手首を握る亮一さんの手に力が入った。

「反吐が出るほど綺麗事を抜かすやつだな。それなら、なに見せたってかまわないよな？」

亮一さんがスマートフォンを操作する。

はったりじゃない。この人は、本当に持っているんだ。私が知らないうちに、私の、恥ずかしい、屈辱にも等しい、私の姿を映したものを、証拠みたいに保管している。

体が震える。歯がカチカチと鳴る。

亮一さんは、怯える私を見て、ようやく満足したように目を細めた。

まるでその顔が見たかったんだと言わんばかりに。

「所詮お前は、俺のオモチャなんだよ」

ヒラヒラとスマートフォンを揺らしながら、彼は言った。

……大丈夫。大丈夫だ。なにを見られたって平気。

稔さんは、私のどんな姿を見ても、絶対に嫌わない。今はそう確信できる。そう信じられるくらい、稔さんは私を愛してくれた。

私が震えながら亮一さんを睨んでいると、彼は面白そうに私を見てから、スマートフォンの操作に戻る。

問題ない。嫌わない。稔さんは、私を蔑んだりしない。

――だけど。

気づけば、私の目から、涙が一筋流れていた。

……そうだ。違う。嫌わないとか、稔さんなら大丈夫とか、そんなんじゃない。

私が嫌なんだ。過去の私を見てほしくない。

だって汚いから。これ以上ないくらい穢されているから。

好きだからこそ、知られたくない。消したいと思っている過去を、見ないで。

「……あ……」

伝う涙を拭って、ようやく気づく。

なんだ。とても簡単なこと。

私はいつの間にか、克服していたんだ。男性が怖くて、恋なんてもうできないと思っていた。そんな私の心を、強引に、だけど優しく開いてくれた稔さん。

私は稔さんを、ちゃんと好きになっていた。

だからこそ見てほしくなかった。知られたくなかった。好きな人には、私のいいところだけを見てもらいたかったのだ。

けれども、亮一さんは見せるだろう。理由はわからないけれど、亮一さんは私を貶めようとしている。私が傷つくのを見て、楽しそうに笑っている。

だから私は、亮一さんの手を乱暴に振り払った。

「痛っ、なんだよ、てめえ！」

返す手で叩かれそうになったところを、私はうしろに逃げた。チラ、と稔さんを見ると、彼は私を追いかけようとしつつも、目の前の亮一さんの対応もしなければならず、歯がゆそうに唇を噛みしめていた。

「七菜！」

「ごめんなさい。稔さんがそれを見たら、私……もう、一緒にはいられません」

そう言って走り出す。

ガレージではなく、反対方向。会社の出入り口へ。

そのままビジネス街の歩道を走り続ける。あてはなかった。ただ、一刻も早くあの場から離れたかった。亮一さんが動画や写真を表示させるところを見たくなくて、逃げ出した。

今頃は、亮一さんが稔さんに見せているだろうか。

その時、稔さんはなにを思うだろうか。

きっと私を嫌わないだろうと信じている。けれども、こんなことまでしていたのかと、嫌悪されたり引いたりされていたら。

私は、あの人の傍にはいられない。彼が気にしないと口にしても、私が気にする。

自分ですら消したいと思っている過去を彼に知られるのが、例えようもなく辛い。

「……稔さんにストーカーされてると知っても、全然、大丈夫だったのにね」

小さく呟いた。知らない間に私の後をついてきたり、使っているシャンプーやコンディショナー、好きなもの、ロイヤルミルクティーに入れる角砂糖の数を調べたりして。私が驚くくらい、彼は私のことを知っていた。その方法は、決して褒められたものではなかったけれど。

嫌では、なかったのだ。

でも今は、耐えがたいほどに辛くて、心が痛い。

なによりも知られたくなかったこと。それが、私の過去なんだ――

どこまでも、どこまでも、歩道を走っていく。

どこに帰ればいいんだろう。電車に乗って実家に帰ればいいのだろうか。それとも、近くに住んでいる友達の家に行く？

ふらふらと、足の赴くままに走り続けて――

私がたどり着いたところは、会社から一駅で到着する、とても近い家だった。

「はは……」

思わず乾いた笑いが出てしまう。私はバカだ。本当に、バカだ。

真新しい白い家。青々と茂る庭の芝生。

今朝、この家を見たばかり。そう、あてがないと思いながら自分の足に任せていたら、稔さんと住む、この家に帰ってしまった。

自分に笑ってしまうのも仕方がない。稔さんに『一緒にはいられない』と口にしたばかりなのに、結局ここに帰っている。

それを愚か（おろ）だと言わずして、なんと言うのだろう。

いつの間にか、私にとってここは『帰るべき場所』になっていたのだ。

第六章　あなたを愛しているから、その体に刻みたい

色々な表情をする七菜を見たいと思っていた。七菜に関することなら、なんでも知りたいと思っていた。

しかし、七菜の丸く可愛い目から、涙が一粒零れ落ちたところを見た時。

俺は心底思った。泣き顔は、見たくなかったと。

七菜の心が傷ついた時の顔は、想像していたよりもずっと無表情で。

黙って涙を一筋流した。わめきもせず、鼻もすすらず、嗚咽もしない。

それは隣にいる北川亮一が気づいていないくらい静かで、それだけに、悲痛さが伝わった。

七菜は北川の手を振りほどき、俺を一瞬見てから、この場を去っていった。

すぐにでも追いかけたいが、この男をこのままにしておくわけにはいかない。

男性恐怖症になってしまったと言っていた七菜。彼女がそうなった原因は、間違いなく目の前の男だ。

だから、見極めないといけない。

七菜がふたたび笑顔を取り戻すために、この男をどう『処分』すればいいのかを。

俺があまりに表情を動かさないからだろうか。北川が、余裕ありげに俺を睨み付けた。

「随分余裕だな。俺が捨てた残飯を漁ってたくせに」

それは挑発のつもりだろうか。言葉が下劣すぎて、ため息が出る。

「そう言うお前は、まったく余裕がないな。商社の専務令嬢に、そこまで手こずっているのか？　俺の感覚では、扱いやすい女性だったんだが」

明らかに、北川の表情が変わった。わかりやすい小物ぶりだ。

「な、なんで」

「俺は、七菜の過去に『なにがあったか』は知らない。だが、彼女が過去に恋人関係となった男の把握くらいはしている。北川亮一、二十六歳。株式会社真澄商事営業部、二課営業主任。営業成績は後輩に首位を奪われ続けて不振中。現在、専務令嬢と結婚を前提につきあっている」

息つく間もなく話すと、北川は驚いたように目を丸くした。

これくらいの調査など、たやすいものだ。七菜がエレベーター前でこの男と揉めた後、速攻で調べ尽くした。まだ口にしていないが、住所も電話番号も、実家の住所と両親の職業も掌握している。いつ何時、なんの情報が利用できるか、わからないからだ。

「件の令嬢とは、学生時代の一頃、つきあっていてね」

忘れかけていた思い出を語る。本当にどうでもいい、些末な記憶だ。

「鷹沢グループ会長の孫であり、ハバタキユーズの社長子息。お嬢様はその『恋人』という立場がほしかったんだろう。お前が好きそうな従順ぶりだったぞ」

わざと、北川のコンプレックスを煽るような言葉を選ぶ。

この男とは、たびたび会社で顔を合わせていた。真澄商事は中小企業ながらも大手取引先のひとつだ。部長クラスが商談に来たら開発部長として俺も参加し、新商品のプレゼンをしなければならない。

北川はいつも、そんな部長のうしろに控えていた。

顔を合わせるたび、憎しみにも似た目で俺を睨み付けてきた。

それは、幼少の頃から幾たびも向けられていた視線。『またか』と思った。

恐らく北川は、血統というくだらない価値観にコンプレックスを抱いている。過剰な上昇志向、歪んだプライド。なにかにつけて優劣をつけ、己より劣ると判断したものを虐げる。

きっと七菜は、その格好の餌食になってしまったのだ。

だから北川を煽る。彼がどうあがいても手に入れることができない、俺にとっては無価値にも等しい『血統』を口にして、挑発する。

案の定、北川は顔を真っ赤にして怒り始めた。

「あの女……。高飛車でワガママな上、ビッチとか、ありえねえな」

ガラ悪く唾棄する。

北川には言ってやらないが、俺は件の令嬢と肉体関係は持っていない。彼女はただ、俺に媚びていただけだ。異常に独占欲が強く、思い込みも激しい女性で、勝手に俺とつきあっていると周りに触れ回っていた。俺は否定するのが面倒だったので放っておいたのだが、しばらくして、俺は『金にならない』と判断したのか、それとも他の男に執着先を変えたのか、一方的に別れを切り出して、勝手に消えていった。

北川はよほど令嬢の束縛とワガママに振り回されているのだろう。ブツブツと文句を言いながら、スマートフォンを操作した。

そして、俺につきつける。

「まあいい。なあ、鷹沢グループのお坊ちゃん。七菜を俺に返してくれよ」

「断る」

短く突っぱねたが、それ以前に、七菜をモノ扱いする北川の物言いに腹が立つ。

すると北川は、ねちりと粘着質な笑みを見せた。

「言っておくけどな、七菜は、お前が思うような清純な女じゃない。あいつはお前にいい顔がしたくて隠しているだろうが。これが、七菜の本当の姿だ」

――それは、正直に言うと、吐き気をもよおす映像だった。

泣いている。泣いている。涙を流して、赦してと叫び、泣いている。

痛い。痛い。ヤメテ。痛いの。

こんなのしたくない。やめて、ごめんなさい。しますから、赦して、赦してください。

昏い映像を見ながら、俺は自分の頭の中に、理性という線があるのを、認識した。

キーンと耳鳴りがして、ひどい頭痛がする。

目を閉じると、七菜の顔が思い浮かんだ。会社で、初めて七菜を見た時の一生懸命な顔。なかば無理矢理同居をし始めて、俺に見せてくれた、たくさんの笑顔。

そしてつい先ほど、七菜が流した、一筋の涙。

人形のように無機質で、無表情で。だけど一粒だけ零した涙が、すべてを物語っていた。

――『ごめんなさい。稔さんがそれを見たら、私……もう、一緒にはいられません』

ブツン、と、頭の中にあった線が切れる。

その感覚は生まれて初めてだった。生涯において切れることはないだろうと思っていた、鋼鉄にも似た理性の糸。

それがたやすく切れる。

「あいつはな、一生俺のものなんだ。これをチラつかせれば、いつでも七菜は俺のオモチャに戻る。俺は会社で成功するために、あのワガママビッチの機嫌を取って結婚しなきゃならねえが、憂さ晴らしに今後も七菜を使う。だからな、諦めろよ」

他にもあるんだと見せびらかすように、北川は様々な写真や動画を俺に突きつけた。

「正直これで、お前も七菜には幻滅しただろ。あいつはな、ちょっと脅せばなんでもやるんだ。そのうち、他の男にも強く押し切られて、絶対寝るって――」

もう限界だ。

俺は北川からスマートフォンを奪い取る。最後の理性で、彼に見えないようにすばやくメモリーカードを抜き取り、袖の中に隠した。

「あ？」

ここまでのものを見せておいて、俺が奪うとは思わなかったのか？

だとしたらバカだ。こんな無価値な男を雇い、重役の娘とつきあわせている彼の商社は見る目がなさすぎる。

少なくとも、取引先としてハバタキユーズには必要ない。

スマートフォンの端を両手で持ち、バキリと真ん中で割った。

「え？」

割られるとも考えてなかったのか。北川の目が丸くなる。俺はガラクタとなったスマートフォンを地面に落とし、革靴の踵で潰した。

そして、自分のスマートフォンを懐から取り出し、北川を見る。

俺はどんな顔をしているのだろう。北川の表情がひきつり、後ずさりをする。

だが、どうでもいいことだ。俺の心は決まった。スマートフォンを耳に当て、相手が電話に出た瞬間に、指示を飛ばす。

「社員用ガレージに不審者がいます。即刻捕まえ、所属会社に連絡してください」

「なっ……！」

警備員を呼ぶと、北川はあたりをきょろきょろ見回した。そんなに慌てなくても、じきに来る。逃走しようにも成功はしないだろう。うちの警備員は優秀である。

まずは北川の足元を崩し、この男がなによりも大切にしているであろうプライドを完膚なきまでにへし折ろう。

「このままで済むと思うな」

ばたばたと警備員が走ってきた。逃げようとする北川の腕を掴み、小声で話す。

「俺の七菜を侮辱し、蔑み、モノ扱いしたこと。死ぬまで後悔させてやる」

そうだ、許さない。

俺は北川亮一を敵と認定した。一切の容赦はしない。

だが、今は後回しだ。本当は今すぐにでも行動を起こしたいほどはらわたが煮えくりかえっているが、それよりも――

七菜を、追わなければならない。

警備員に北川の対処を任せた後、急いで車で会社を後にした。

道路に出ると路肩に停めて、七菜に電話をかける。

――だが、いつまで経っても彼女は電話に出ない。やがて、留守番電話に繋がってしまった。

「七菜……」

好きになった人の名を呟く。

俺は前からずっと、どうしてこんなにも七菜に惹かれるのか、と考えていた。

何事にも一生懸命で、努力家で、笑顔が可愛くて、傍にいるとホッと安心できる。

本当にそれだけが理由だろうか？　それだけで、なにもかもをかなぐり捨てて好きになるものなのか。

ストーカーみたいに後をつけたり、個人情報を調べたり。ひとつひとつ彼女を知るたび、嬉しくなって。七菜にしてみれば迷惑な話なのに、打ち明けたら、呆れつつも彼女は俺を受け入れてくれた。

優しい人だ。そして心の許容範囲が驚くほど広い。大らかで、可愛い。

そんな七菜が、誰にも言えない苦しみを抱えていた。

男性恐怖症になっても仕方がないほどの過去だ。

しかし、七菜は自ら変わろうと努力していた。男性への苦手意識を克服しようと自分なりに考え、俺との生活を受け入れたのだ。

俺は七菜の、そんな心の強さに、惹かれたのかもしれない。

あんな男とつきあうことになった、その経緯は知らない。しかし、予想はつく。

騙されたのだろう。善良な人間を装って近づき、懐に入ってから本性を見せる。そんな人間はごまんといる。

善良で、人の性根を疑わない七菜は、一時でもあの男を信じてしまった。

そして、北川はやがて七菜に飽きて捨てたのかもしれないが、いつでも『再利用』できるようにと、動画や写真を残していたのだ。……何年も。

反吐が出る。けれども今、一番苦しいのは七菜だ。

早く傍に行きたい。彼女を抱きしめたい。

電話に出ないのなら、七菜が行きそうな場所を予想して移動するしかない。七菜の交友関係は、大学時代の同級生が多かったはずだ。その住所も把握している。

七菜は友人の家に行っただろうか。それとも実家に帰ったか？

手当たり次第に行くことも考えたが、先にひとつの場所を目指し、車を走らせる。

目的地は、自分の家だ。もちろん鷹沢の実家ではない。

たった一ヶ月半でも、七菜と過ごしたあの家。七菜をこの手に囲うために用意した俺と七菜だけの家。

根拠はない。自信もない。彼女があそこにいる確証はない。

これは俺の勝手な望みだ。あそこにいてほしいと、俺が願っている。

俺の一方的な押しつけだったとしても、あの家で培った絆は本物のはずだと、思いたいだけ。

会社から家までは近い。ほどなく到着して、ガレージに車を停める。そして外に出ると、陽はすでに落ちていた。空は暗く、夜の時間にさしかかっている。

ザッとあたりを見回し、七菜の姿を探した。

しかし、近くに人影はない。

自分でも信じられないほど、肩が落ちる。やはり、彼女はここに戻っていないのか。

――やり方は強引だったと自覚している。もっと正攻法で七菜に近づくべきだったのかもしれない。

しかし、恋を知らず、愛を訴える術に乏しかった俺は、これしか思いつかなかったのだ。

始まりはともかく、毎日の生活を共に過ごす中で絆を育んでいけたら、きっと想いは通じるはずだと考えていた。

しかし、それくらいで彼女の傷ついた心を癒やすのは難しかったのかもしれない……

自分の手を痛いほどに握りしめ、立ち尽くしていると、草を踏む音が小さく聞こえた。

ハッと顔を上げて庭を見る。

初夏の夜風に吹かれて、青々と茂る芝生。早足で向かうと、奥に設置しているバーベキューコンロの近くに、見慣れたうしろ姿があった。

ああ、七菜だ。七菜がいた。やはり、ここに帰ってきてくれた。

怖がらせないように、ゆっくり近づこうと思った。でも、足は勝手に速度を上げ、気づけば全速力で走っていた。

「七菜っ！」

勢いのままに抱きしめる。

うしろを向いていた七菜は、驚いたようだった。「えっ」と戸惑いの声を出し、俺の腕の中でゆっくりと振り向く。

「稔さん……」

みのる、と、七菜が俺の名を呼んでくれるのが嬉しい。好きな人に、名で呼ばれる喜びを知ったのは、もちろん七菜が初めてだ。

「わ、私、違うところに、行こうって思ってたはずなんです。もう稔さんに合わせる顔がないから……だから、ここじゃないところに行こうって。なのに……」

七菜が俯く。彼女は内罰的な表情で、自分の腕に爪を立てた。

「気づいたらここに帰っていたんです。すぐに出ていかなきゃって思ったのに、わ、私の足が、全然外に向かってくれなかった。どうしても、ここから離れるのが辛くて」

七菜の顔が、ボブカットの髪で隠れる。下を向く七菜は、小刻みに震えていた。

「ごめんなさい。私、自分がこんなに意気地なしなんて、思わなかった……」

「七菜、自分を責める必要なんてない」

強く、強く、七菜を抱きしめる。そして彼女の目元に唇を落とした。

そこは少しだけ濡れていて、七菜がここでひとり泣いていたのがわかる。

「ここが君の家だ。七菜がここに帰ってきてくれて、本当によかった」

心からそう思う。俺に合わせる顔がないと言ってどこかに消えたら、俺は死に物狂いで捜し出し、連れ戻していたはずだ。

けれども今は、七菜がこの家に帰ってきてくれたことが嬉しい。

ここを、帰る家だと思ってくれたのが。俺と離れたくないと思ってくれたことが。

「さあ、中に入ろう。君の好きなロイヤルミルクティーを淹れるから、飲むといい」

「稔さん……、う……っ、はい……」

七菜の瞳がじわりと潤み、きつく目を閉じる。懸命に涙を流さないよう堪えている姿がいじらしい。でも、俺の前では我慢しないでほしい。

一緒にはいられないと、七菜は口にした。それなのにここに帰ってしまっている。そんな自分が許せないのだろう。弱い自分を、七菜はなによりも嫌っている。

だが俺は、弱い心を持っていながら、それでも前を向こうとしている七菜が好きだ。

辛い過去があって男を苦手になってしまっても、そこで思考を停止させず、七菜は前に進もうとして俺の手を取った。

だから、俺が責任を持って七菜を助ける。彼女と共に生きたいから、守りたい。

冷たくなった七菜の手を引いて、家に入る。

玄関に入るなり、なんとも言えない優しい匂いがした。

ほう、と隣で、七菜が小さく息をつく。

心なしか安堵(あんど)しているような、少しだけ力を抜いたような表情。

その気持ちはわかるから、俺は笑った。

この、どこか甘くて柔(やわ)らかい匂いは、俺と七菜で作り上げたもの。まだ一ヶ月半だが、それでも一ヶ月半かけて、俺達はそれなりに温かい家庭を築いたはずだ。

この家なら誰にも邪魔されない。水を差す存在もいない。ふたりだけで、どこまでも幸せになれる。

まるで心を包み込むような匂いを嗅ぎながら、リビングに入り、七菜をソファに座らせた。

俺はキッチンに立ち、湯を沸かしながら、鍋で牛乳を温めた。

七菜の好みは熟知している。一年も観察したのだ。七菜に関してわからないことはない。彼女のデータは日々更新を続けているし、共に暮らして新しいことを知るたび、嬉しくなる。

七菜の好きな茶葉は、甘い風味のアッサムだ。白磁器のボウルに茶葉を二杯分入れて、沸騰した湯を軽く注ぐ。牛乳を直接入れるのではなく、湯で葉を開かせるひと手間が、美味しいロイヤルミルクティーを作るコツだ。

完全に茶葉が開いたのを確認してから、鍋に加える。牛乳と混ぜ合わせ、蓋をして四分蒸らす。

これで、できあがりだ。

七菜の好きな甘さは、角砂糖が三つ分。コロコロと入れて、スプーンでかき混ぜる。

俺の作るロイヤルミルクティーを、七菜はとても喜んでくれた。美味しそうに飲む姿を見るのが、俺の幸せだ。

「七菜」

声をかけてから、ローテーブルにカップを置いた。

「ありがとうございます」

「熱いから、ゆっくり飲むといい。俺は風呂の用意をしてこよう」

疲れた時は、好物の摂取と、温かい風呂に限る。まずは七菜にゆっくりと体を癒やしてもらって、それから話を聞けばいい。

脱衣所に入ってスーツの上着を脱ぎ、ワイシャツの袖を腕まくりする。

その時、ぽろりと袖から小さなものが落ちた。

小さなメモリーカード。あの時、スマートフォンを折る前に取ったものだ。

あの男の性格を考えると、おそらくこのカードには、七菜がもっとも俺に見られたくないものが入っている。

それを考えると即刻闇に葬り去りたくなるが、七菜が今後も安心して暮らすためには得策ではない。

ぎゅ、と握りしめ、スラックスのポケットに入れた。北川亮一の、今後の行動を予測するなら、これは大切な切り札になるはずだ。

浴室をサッと洗ってから、浴槽に湯を溜める。

そしてリビングに戻ると、七菜が、カップを両手に持ってソファに座っていた。

「もうすぐ風呂ができるから、その時は……」

「稔さん」

小さく、しかしはっきりと、七菜が俺の名を呼んだ。言葉を止めて、彼女を見る。

「……ちょっとだけ、話を聞いてもらいたいんです」

俺が風呂を洗っている時に考えていたのだろうか。決意を秘めた目で、俺を見上げる。

「わかった」

頷き、隣に座った。すっかりぬるくなってしまったロイヤルミルクティーを一口飲む。

「あの人……北川亮一さんは、同じゼミの先輩で、一年くらい……つきあっていました」

七菜の告白に、頷く。彼女は残り少なくなったロイヤルミルクティーを一口飲むと、自分をあざ笑うように小さく笑った。

「ゼミの飲み会で『可愛いね』って言われて。そんな風に私を褒めてくれる人は今までいなかったから、すっかり舞い上がってしまいました。今ではバカだなって、思います」

「そんなことはない。誰だって、褒められたら嬉しいと思うものだ」

騙されるほうが悪いなんてことは絶対にない。騙すほうが悪いのだ。

俺が七菜を見つめて言うと、彼女は柔らかく微笑む。

「私って、元から惚れっぽい性格をしていたのかもしれません。私はたちまち北川さんに好意を持ち、彼が告白してくれたことをきっかけに、つきあい始めました」

遠い過去を見るように、七菜が俺から目をそらす。窓の向こうを見つめ、目を伏せる。

「半年くらいは、普通だったと思います。でも、初体験の時くらいから彼は本性を現し始めて……」

七菜は、ぎゅ、とカップを持つ手に力を込めた。その白い手が、ふるふると震える。

「初めては、とても痛かった。それからもずっと私は、痛いことや苦しいことばかりを強いられて、やめてって言っても、やめてくれなくて」

それ以上は言わなくていい。俺は七菜の体を抱き寄せた。うまく慰めの言葉が口にできたらいいのだが、すぐには思いつかない。こういうところで、自分の不器用さが嫌になる。

「つきあうと、こういうことをするんだ。当たり前のことだから。そう、ずっと言われて……我慢していました。次第に、拒否したら叩かれたり酷い言葉で詰られたりして、もう、私はあの人が怖いから耐えているのか好きだから一緒にいるのか、わからなくなっていきました」

それは、典型的なドメスティックバイオレンスの被害例だ。言葉で擦り込まれ、暴力にも等しい性交を強いられ、心も体も支配されていく。デートDVと呼ばれる、悪質な虐待の一種。

「でも、一年が過ぎて新入生が入ってきた頃、可愛い女の子がゼミに現れたんです。その途端、私はメールで別れを告げられました。会った時に声をかけても返事をしてくれないし、電話も着信拒否されて、同じゼミ生なのに、私の存在だけ無視され始めたんです」

「酷いな」

好き勝手に七菜を利用し、虐げて、見目のいい別の女が現れた途端、情もなく捨てる。まさに人間のクズに等しい。俺が怒りを滾らせていると、七菜は「違うんです」と首を横に振った。

「私はむしろ、ホッとしたんです。これでやっとあの人から解放されるんだって。もう私は捨てられたんだから、他人になれたんだと喜びました。私から別れを切り出すのは怖かったから、本当に助かったんだと思ったんです」

「そ……、そうか。まあ、そう……なるな、普通は」

歯切れ悪く同意する。確かに、北川の自分勝手さには腹がたつが、これで七菜はあの男から解放された。もう痛いことも苦しいことも我慢しなくていい。ようやく自由になれたと七菜は安心したのだ。

しかし、彼はふたたび現れた。前よりも拗らせたプライドと、七菜への歪んだ執着を持って。

「動画や写真を保管していたのは、本当に、盲点でした」

「普通の男はやらないことだ。想定していなくても仕方がない」

「亮一さんは、稔さんに……見せましたか？」

七菜が静かな口調で問いかけた。

彼女が見られたくないと思っていたことを、俺は知っている。だが、ここで嘘をつくわけにはいかない。

俺は、ゆっくりと頷いた。七菜は黙って俯く。

「だが、俺の気持ちに変わりはない。君の記憶から辛い過去を消すことはできないが、俺は七菜を愛している。この想いに、偽りはない」

それが俺の、精一杯の言葉だった。

七菜のあらゆる個人情報を集めておいて、過去だけは調べていなかったのは、それが理由だ。たとえ辛い過去があったとしても、俺にはその過去を改変する力も、また、七菜の記憶から消去する術もない。

許可なく他人の過去を詮索したくなかった。なにより、俺は今の七菜を好きになったのだから、昔を知る必要はない——そう思っている。

七菜は目を閉じた後、俺に向かってにっこりと微笑んだ。

「よかった。幻滅されたら……私、もう、ここから出ていかなくちゃって思っていましたから」

「幻滅なんて絶対にしない。君だって、俺の過去を聞かないだろう？」

「それは、確かにそうですね。でも、そう言うってことは……実は結構、女性とつきあっていた過去があるんですか？」

「ううむ、どうだろう。普通の男が女性とつきあう平均人数がわからないからな。さほど多いほうではないと思うが」

悩みながら答えると、七菜がクスッと笑った。

やっと笑ってくれた。ホッと心が安堵する。

「冗談ですよ。でも、真面目に答えてくれてありがとうございます。稔さんがそんなだから、私――」

そう言って、七菜は口をつぐむ。俺が黙って続きを待っていると、ふいにリビングの奥から、風呂の準備が済んだと知らせるアラームが鳴った。

「ああ、湯船に湯が溜まったようだ。七菜、今日は湯船にゆっくり浸かるといい。続きは後で話そう」

「はい。……そうですね」

七菜は素直に頷いて、ソファから立ち上がり、リビングから出ていった。俺はカップを持ってキッチンに向かい、洗ってカゴに入れる。

ハッと思い出す。この間の休日に七菜と買い物に出かけた時、ホームセンターでなかなかよさそうな入浴剤を購入したのだ。

「そうだ、入浴剤」

天然の海水を精製した塩に、ラベンダーのエッセンシャルオイルを配合した、疲労回復の効果が期待できそうなバスソルト。

風呂好きな七菜が喜ぶかなと思って、密かに購入しておいたものだ。あれをすすめてみよう。

俺は慌てて脱衣所に向かい、バスソルトの瓶を棚から取り出して、浴室の扉を叩こうとした。

だが、その時。

「うっ、……ひっ……く」

七菜の、懸命に噛み殺した嗚咽が聞こえた。

ごしごし、ごしごし。それはタオルで体を洗う音。

ごしごし、ごしごし。洗う音は、いつまで経っても終わらなかった。

七菜はすすり泣きながら、ずっとずっと、俺が奇妙に思うくらい、ずっと、ごしごしと体を洗っている。

おかしい。違和感を覚えた俺は、問答無用でガラリと風呂の扉を開けた。

七菜が驚いた顔で振り向く。

その白い肌は、何度もタオルでこすったせいか、赤く腫れていた。

「なにを、している」

自分の声が乾いている。七菜は怯えたような顔をして、自分の体を腕で隠した。

「教えてくれ。なにをしていたんだ」

ごとんとバスソルトの瓶を落として、俺は七菜の肩を掴む。彼女の目はみるみる潤み、顔を下に向けて、俺から隠した。

「私……汚いから。体が汚いから、洗っていたんです」

「汚くない。君は綺麗だ。それよりも、こんなに体が赤くなるまで擦っていたら傷になってしまうだろう？」

「傷なんて別にかまいません。私はどうせ、もう、傷物も同然ですから」

「七菜！」

思わず声を荒らげると、七菜はビクッと体を震わせた。目を見開き、俺を見つめている。

彼女に怒鳴るなんて、初めてかもしれない。

だが、どうしても我慢ができなかった。自分が汚いと言い、過剰に体を擦る七菜が、見ていられないくらいに痛々しかったのだ。

俺が想像している以上に、七菜が心に負った傷は根深いのだろう。顔では笑っていても、彼女は今でも過去の自分を責め、なじり、無価値な男に暴かれた体に嫌悪を覚えている。

「七菜は、自分が……嫌いなのか？」

そっと頬に触れ、訊ねる。七菜は涙目になって、頷いた。

「はい。ずっと後悔しています。もっと疑って、早く逃げればよかった。怖がらずに抗い続ければよかった。でも私は怖がりで、ずっと我慢していました。……今になってそのことが、すごく嫌になったんです」

七菜は穢らわしいものを触るように自分の腕に触れる。そして、ぐっと掴んだ。

「稔さんに、好きって言ってもらえると嬉しかった。でもそのたび、どうして私は綺麗な体じゃないんだろうって自己嫌悪した。その原因はすべて、私がバカだったからで。

それが嫌で、嫌で……すごく、嫌で……っ」

覆せない過去。なかったことにできない過去。それを七菜は後悔している。

自分の選択を。体を許してしまった事実を。証拠として映像を残され、脅迫材料にされてしまったうかつさを。

俺は七菜を抱きしめた。泡がワイシャツについたが、かまわず力を込める。

「七菜……俺は、君を抱く」

低く、言葉を口にする。七菜が驚いたように身じろぎをした。

「もう、遠慮はしない。最後までしたい」

「み、稔……さん？」

七菜が戸惑いの声を出した。俺は七菜の肩を掴み、彼女の目をまっすぐに見つめる。

「拒否の声は聞かない。七菜、今日は君に、俺の想いをすべて伝えたい」

嫌は聞きたくない。俺はどうしても、七菜の心を助けたい。

そのためにはどうすればいいのか。具体的な策はないけれど。

それなら、七菜を俺という檻で囲って、どこにも逃げられないようにして。

一生彼女を守っていきたいのだ。俺の腕の中で、安心して生きていてほしい。

そして、縁側の日向のような温かい笑顔を、見せてほしい。

「だから、七菜……」

俺は願いにも似た気持ちを持って、彼女の頬を撫でた。

「どうか俺を拒まないでくれ。すべてを、受け入れてほしい」

七菜が穢れているなんて思ったこともない。どんなに七菜が自分を嫌悪しているとしても、俺は七菜を好きになったのだ。

もし、彼女の学生時代に俺が出会っていたら、北川に取られる前に奪い取っただろう。

だが俺が出会ったのは、ハバタキユーズに入社した後だ。

だから、俺は今の七菜を愛することしかできない。

過去も現在も、そして未来も、全部まとめて抱きしめることが、俺にできるすべてだ。

「七菜。君は……綺麗だ」

頬を撫でながら想いを伝えると、七菜は泣きそうな顔をした。

目が潤み、頬に涙が伝う。

けれども、彼女は拒否の言葉だけは口にしなかった。


体を拭くのもそこそこに、俺は裸の七菜を横抱きにして二階に駆け上がり、足で寝室の扉を開ける。

バン、と扉が壁に当たって、七菜はびくっと体を震わせた。

しかし俺には気遣う余裕がない。共にベッドに倒れ込み、七菜を組み敷く。

ないのだ。

「愛している。……君を」

どんな風に愛しているのか。どこが好きなのか。そんなもの、挙げたらきりがない。

人間とは言葉を交わして意思を疎通させる生き物だ。

けれども、俺が持つ愛をすべて伝えるには、言葉だけでは足りない。語彙が追いつか

この胸に占める君への思いをすべて言葉にしたら、七菜は笑ってくれるだろうか。安心してくれるだろうか。

「初めて出会った時から、俺は君に恋をしている。そして、君を知るたびに想いは強くなった。七菜、俺は君が傍にいると、たくさん心が動いて、幸せになれるんだ」

唇を重ねる。

かすかな水音と、柔らかい七菜の唇の感触。それを存分に味わい、もう一度角度を変えて深く口づけを交わす。

「ん……っ」

七菜がぴくんと震えた。キスだけで感じてくれる七菜の敏感さが可愛らしい。

唇を這わせ、顎に伝わせる。

なめらかな感触がたまらない。舌で顎の丸みを舐めて頬に移動し、そして小さな耳朶に吸い付く。

ちゅく、と音がして、七菜の顔が真っ赤に染まった。

「七菜……、すでに起きたことは、覆すことができない。なかったことにもできない。けれどね、俺は過去に傷つきながらも前を向いて歩こうとする、君の志に惚れたんだ」

「み、稔さん」

耳元で囁く俺の声を聞き、七菜がぎゅっと手を握りしめる。

「明るくて、優しくて、一緒にいると心が和む。俺にとって君は光だ。柔らかい木漏れ日のような光をくれる」

耳朶から耳のふちを唇で辿り、甘噛みする。耳の傍で囁き続けていると、七菜が恥ずかしそうに身じろぎをした。

「い、言い……すぎ……です」

「本当のことだ」

「そんなことない……。私は、すごい人じゃないです。本当は弱いし、前を向きたいと思っても、うまくいかないし、今だって」

「いいや、君は強いよ。今、自分で言ったじゃないか。『前を向きたいと思っている』と」

顔を上げて七菜をまっすぐに見る。彼女は潤んだ目を、ぱちぱちと瞬かせた。

「その言葉は、過去を乗り越えた者でないと言えない。君の心はすでに強いんだよ。そうでなければ、前を向こうという気持ちにすらなれなかったはずだ」

「あ……」

ようやく七菜の瞳に光が差す。

俺はホッと安堵して、七菜の頬を撫でた。

「今の七菜に必要なのは、過去を乗り越える力じゃない。俺を信じる気持ちだ」

もう一度キスをして、柔らかに食み、なめらかな首を、肩を、手で撫でる。

「君に誓おう。俺は絶対に裏切らない」

七菜は驚いたように目を丸くさせた。そして顔を真っ赤に染めた後、ふいと横を向く。

「も、もう。稔さんは……すぐに、そういうことを言う……」

「そういうことって、なんだ？」

「そういうことは、そういうことです！　こう、歯が浮く台詞を言いすぎというか、キザすぎるというか……今時、そんな物言いをする人なんて、いませんよ」

「嫌だったか？」

困った。俺としては、思うままの言葉を口にしているのだが、もっとうまく言葉を選ばなければならなかっただろうか。

しかし俺の心配をよそに、七菜は静かに微笑む。

「いいえ。……嬉しいです」

よかった。そう安堵していると、七菜がチラと睨むように俺を見た。

「わ、私だけに言ってくれるのなら、ですけどね」

「君以外に言う必要性を感じないのだが。例えばどういう時、誰に、俺が言いそうなんだ？」

疑問に感じて訊ねると、七菜は「しまった」と言わんばかりに唇を引き締め、ぷいっと横を向く。

「し、失言でした！　ごめんなさい。稔さんはそう、そういう人……でした」

どういう人なのだろう……。俺はふたたび問いかけようと思ったが、やめた。

それより、今の時間を大切に、有意義に使いたい。

もっともっと、七菜を気持ちよくさせたい。快感に喘がせたい。

「七菜……君の記憶を、塗り替えたい」

呟き、唇を重ねる。舌を出し、硬く閉ざされた七菜の唇を柔らかく舐める。

「んっ、ん、……んんっ」

くすぐったいのか、七菜が身じろぎをする。ちゅく、と音を立てて上唇に吸い付くと、七菜の口がわずかに開いた。

すかさず舌を侵入させる。甘い、七菜の口腔。丹念に舐め回して奥に縮こまる彼女の舌をすくい取る。

「……っ、ん、は……ぁっ」

俺の舌の動きに合わせるので、七菜はいっぱいいっぱいだ。それでも懸命に舌を動かしてくれる。

そのいじらしさ、俺の気持ちに応えようとしてくれるところ。

すべてが可愛い。愛おしい。

舌を絡ませながら、七菜の素肌に両手を滑らせた。肩から二の腕、そして手首。腰からするすると胸に移動し、豊満な乳房を両手で掴む。

「はぁ……っ、あ！」

七菜の体がびくりと震えた。

かまわず、ゆっくりと揉みしだく。

風呂から上がったばかりの肌は温かく、柔らかい。乳房の感触もまた、たまらないほど気持ちがいい。

「綺麗だ、七菜」

この胸も、肌も、撫で心地のよい髪も、艶やかに潤む瞳でさえ。

俺だけで独占して、七菜の心をすべて俺で埋め尽くしたい。

自分でも驚くほどの独占欲が渦巻く。彼女の記憶にあの男がいるのが許しがたい。本当なら、跡形もなく消し去りたい。

しかし、それは無理な話だから。

せめて塗り替えよう。七菜の官能を存分に煽り、俺との絡みが気持ちがいいのだと、その記憶に刻み込む。

そしていつかは、嫌なことを忘れてしまえばいい。

俺と共に幸せを築いて。思い出すこともなくなればいい。

七菜の首筋に口づけ、唇を這わせる。鎖骨の感触を唇で確かめ、俺の手の内でくにゃくにゃと形を変える乳房を舌でなぞる。

「は、ぁあぁっ」

ぴんと七菜の背中が弓なりになった。七菜は基本的に敏感だが、一際胸が弱い。

自然と自分が笑みを浮かべていることに気がついた。目元が煩わしくなって、眼鏡を外して放り投げる。

視力は下がるが、その分、近くに寄れば七菜の顔をはっきり見える。

たっぷりした乳房を持ち上げて、その乳首に口づける。

ちゅ、と音を立てて吸い付くと、七菜はビクビクと大きく体を反応させた。

「あぁあぁあっ！　み、みのる……さんっ！」

思わずといったように、七菜が俺の髪を掴む。だが、その仕草が拒否ではないと、俺はすでに知っていた。

この家に住んで、何度も七菜と触れあった。七菜の弱いところ、感じている時の仕草、すべて把握している。

——そう……快感にむせび啼く七菜の艶やかな姿も。

俺しか知らないのだ。痛みしか与えなかったあの男は知らない。その事実が、仄暗い喜びを運ぶ。

「七菜、君の体を悦ばせるのは、俺だけだ」

乳首を甘噛みして、舌先で弄び、俺は呟く。

舌先からとろとろと唾液を零し、はしたなくしゃぶりつく。

「は、ン……っ、ん、うう……っ」

七菜は口元を手の甲で隠し、懸命に快感に抗おうとする。

感じることを罪深いと思っているのかもしれない。七菜の過去を思えば、それも当然だ。

しかし、俺との行為中、そういうことを考えてほしくない。

テクニックだなんだと、そんな大層な技巧を持っているわけではないけれど、七菜を幸せにしたいのだ。快感を悦んでほしい。俺に溺れてほしいから。

「気持ちいいか？」

ちゅく、と乳首を甘く吸って、ちろちろと舌先で転がし、訊ねる。

七菜は顔を真っ赤に染めて、ふるふると震えながら俺を見た。

「んっ、ン……きもち……い……です」

「ここを弄られるのが好き？」

　唾液で濡れた乳首を指で摘まみ、軽く扱く。途端に七菜は目を瞑って身をくねらせ、可愛い嬌声を上げた。

「あっ……ン！　きもち……い……好き……っ」

　羞恥を感じていても、俺の問いかけには正直に答える。七菜の素直さ、誠実なところ、すべてが愛おしい。

「俺も、七菜に触れるのが好きだ。君のぬくもりを感じて、唇を重ねて、愛していると気持ちを伝えるのが好きだ」

　唇を重ねる。舌同士を濃厚に絡ませながら、ぐりぐりと乳首を指でこねる。

「んーっ！　んんっ、ふ、ぁ……ンン！」

　七菜の脚がピンと伸びる。

　ああ、感じている。七菜の肌が色づいて、俺にしか見せない顔をしてくれる。

　そのとろけそうな顔が好きだ。可愛くて、可愛くて。

　――生涯を、この檻に閉じ込めたくなる。君と暮らすために建てた、俺達の巣に。

　くちゅ、ちゅく。

　絡む舌が、いやらしい音を立てる。ぬるついた乳首を甘く抓り、七菜の快感を引き出す。

「は……ぁ……っ」

すっかり脱力して、ベッドに横たわる七菜。そんな彼女を見つめて、そっと手を移動させた。指先を踊らせるように白く柔らかな腹をなぞり、さらにその下へ。

びくっ、と七菜の体に緊張が走る。それをなだめるように、唇を何度も重ねる。

茂みを探り、人差し指と中指で秘裂を開いた。

くちり、と小さな水音。人差し指でなぞると、そこは確かに濡れていた。

とろみのある愛液をすくい、七菜を見る。

「濡れているな」

ぱっと花が咲くように、七菜の顔が赤くなる。

「愛撫に感じていたという証だ。こんなにとろとろになっているのが嬉しい」

「や……だ……恥ずかしい……です」

両手で顔を隠そうとする七菜の手を、片手で掴んでベッドに押さえる。

恥ずかしがる七菜の表情は、最高に俺の興奮を煽ることを、彼女は知っているだろうか。

「どうして？　今から愛し合うのに」

「あ……っ」

「君が感じて、濡れてくれなければ、これからの行為は双方にとって苦痛なだけだ。でも、ここが濡れるということは、君が俺と愛し合う準備をしてくれている。……そういうことだろう？」

性交とは、どちらかが一方的に快楽を得るためにするものではないはずだ。

体が繋がると同時に、心も通じ合わなければ、きっと本当の意味での快感には繋がらない。だからきっと俺は、七菜で初めて、性交の悦びを知るのだろう。

それが嬉しい。互いに経験はあっても、その幸福は今、初めて知るんだ。

「稔さん……」

七菜の目がじわりと潤む。俺は彼女にキスをして、ふたたび秘所を探った。

ちゅく、と水音を立てて秘裂を開き、蜜口の周りに指先を滑らせる。

くちゅ、ちゅ。くちゅ。

とろみを帯びた、七菜の愛蜜が愛おしい。くるくると秘裂の中をかきまぜ、たっぷりと愛液を指に塗りたくる。

その指で秘芯に触れると、七菜の体はびくびくと震えた。

「はっ、あ、あぁあああっ！」

七菜の弱いところ。もっとも繊細なそこを指で摘まむ。

「硬くなっているな。ここと同じだ」

未熟な蕾のように硬く、赤い秘芯。同じ色をした乳首を、ぴんと指ではじく。

「ンンッ！」

七菜の背中が反る。ぎゅっとシーツを掴み、困った顔で俺を見る。

コリコリと、その硬さを楽しむように、乳首と秘芯を同時にこねた。

「はっ、ヤ、……あっ、みのる……さ……っ」

「ああ。君は本当に、たまらない」

自分にはないと思っていた感情が、面白いように溢れ出す。

独占欲。支配欲。

七菜には絶対に悟られたくない、汚い感情と欲望が、俺の脳に満ちていく。

もっとよがらせたい。もっと乱れた七菜を見たい――

とろとろと零れる愛液を指で拭いながら、その蜜口に人差し指を差し込む。

「あっ……、あ……っ！」

指の侵入に、七菜は脚を閉じようとした。しかし、そんな逃げは許さない。

片腕で七菜の太ももを持ち上げ、無理矢理こじ開ける。

大きく脚を広げる姿になってしまった七菜は、今までにないほど顔を赤くした。

「あっ、ああ！」

柔らかく温かい七菜の膣内を、指で蹂躙する。指の関節を曲げたり、出し入れしたり、

そのたび秘所はくちゅくちゅといやらしい音を立てて、愛蜜を分泌させた。

醜悪なほど濃密に唇を重ねて、歯列を舐めて舌を絡ませる。

くちゅっ、ちゅ。ぬちゅ。

唇から、秘所から、はしたない音を絶え間なくさせて七菜を攻め立てる。

「んっ、ん、んんーっ!!」

俺に翻弄され続けた七菜は、一際大きな悲鳴を上げた後、体をビクビクと震わせた。

頭の先からつま先までピンと張って、彼女の体に力が入る。

「ふ……ぁ、……ああ……」

唇を離すと、七菜はすっかり脱力し、放心した顔を見せていた。

おそらくは達したのだろう。仄暗い満足感で、心が満たされる。

「ゴムは、つけるか？」

俺と七菜が結婚するのはすでに決定事項なので、この家にもうひとり家族が増えるのは願ったり叶ったりである。むしろほしい。

しかし七菜が今の段階でそう思ってくれているとは限らない。こういうことは、彼女の意思が肝心だ。

七菜は少しの迷いを見せた後、小さくこくんと頷いた。

俺は笑って、ヘッドボードの引き出しから新品の避妊具の箱を出す。

時間はたっぷりあるのだ。籍を入れて、式を挙げて、じわりじわりと囲い込むのもいい。

避妊具のシートを噛みちぎり、己の杭に装着する。

ああ――こんなにも、胸が躍る。苦しくて、心臓が張り裂けそうだ。自分の昂りが信じられない。思考力がバカみたいに低下している。

早く、早く、挿れたい。それだけになっている。

吐精する瞬間の男のＩＱは、ミジンコ並みになるという話を聞いたことがあるけれど。あながち嘘ではないかもしれない。それくらい単純にできているのだと、自分を笑いたくなる。企業の重役に就いていようが、重責を負う家に生まれていようが、結局のところ俺は雄という生物に過ぎないのだと、七菜を見ていると思う。

文字通り、夢中だ。

俺は君の願いを叶えてやりたい。ほしいものはなんでもあげたい。己を傷つけた憎い相手を殺したいと望むのなら、きっと喜んで殺しにいく。

それが夢中ということだ。君に目がない。七菜が喜ぶことはなんでもしよう。

だから――

「七菜、愛している」

俺を、愛してくれ。

望む願いはただひとつ、それだけだ。それをもらえるなら、俺は手段を選ばない。

避妊具に覆われた己の杭を、七菜の蜜口にあてがう。そこを軽く擦ると、七菜の体がビクビクと震えた。

「はっ、ぁ……っ」

七菜は腕を伸ばし、俺の手を掴もうとする。その手に自分の手の平を合わせ、きつく握りしめた。

「ア……みのる、さん……」

潤む瞳はまるで星空のように美しく、また、黒真珠のように輝いている。

その愛しい目を見つめていると、七菜はコクンと吐息を呑み込んだ。

「すき……」

独り言にも似たその言葉を聞いて、最初はなにを言っているのかわからなかった。

首を傾げる。

すると七菜は、もう一度、唾液に濡れて艶めかしく光る唇を開いた。

「すき……。私も、好きです。稔さん」

目を見開いた。七菜は、俺と繋がる手をぎゅっと握って、笑いかける。

「気づくのが遅すぎたけれど、私も稔さんが好きです。だから……今がとても嬉しい」

「七菜……」

ようやく、七菜の言葉が頭に浸透する。実感が、血液みたいに体中へ巡っていく。

危ない。今の言葉で暴発するところだった。

まだ挿れてもいないのに、俺は自分で思うよりこらえ性がないのかもしれない。

「愛して……。私を、愛してください、稔さん……」

「もちろんだ。――ありがとう、七菜」

心が繋がった瞬間とは、こんなにも嬉しいものなのか。知らなかった。

けれども、七菜の言葉で知ることができて、嬉しい。

両手を繋ぎ合ったまま口づけを交わした。そして、熱く滾る杭を、七菜の中にねじ込んでいく。

「んっ、ン……っ、んっ、あぁああ……っ」

最初は耐えようとして、段々と耐えられなくなっていき、体をくねらせる七菜。

なんて愛しい。なんて可愛らしい。

「……はっ……」

自分の口から、荒い息が零れた。七菜の中は俺のものを温かく包み込みながらもトロトロと絡みついた。膣奥に突き立てると、ちゅくっと音を立てて吸い付く。

まるで食われているようだ。しかし、実際に貪っているのは俺のほう。

「ア……っ、七菜……」

彼女の口元で名を呟き、ふたたび口づける。余裕なんてひとつもなく、奪うようにキスをして、舌を絡め合った。

七菜を悦ばせたいと思っているのに、これでは本末転倒。そう思ってしまうほど、七菜の膣内は快楽の坩堝だ。グッと下唇を噛み、ずるりと杭を引き抜く。

「あっ、ああンっ！」

七菜の体が跳ねた。俺の額に汗が浮かぶ。

隘路の襞が俺の杭にまとわりつく。そのざらつきは身が震えるほどの快感で、ギリギリまで抜いてから、ふたたび奥へと向かって穿つ。

「はっ、あぁ、ぁああぁっ」

七菜が喘ぎ、本能的に快感から逃げようとして腰を引く。だが、俺はそれ以上の力で杭を突き立て、膣奥を貫く。

甘い甘い彼女の奥は、杭の先端にきゅっと吸いついた。俺をねだる反応に、吐精感が募る。それを我慢して、幾度となく抽挿する。

握り合う手をベッドに縛り付けて、腰を動かし続ける。

肌がぶつかり合って、汗や蜜で濡れた音が立った。

ぱんっ、ぱん。

何度も何度も。性交の音が響く。

俺の汗が顎を伝い、ぽたりと七菜の肌に落ちた。

「っ、く、……っ、七菜……気持ちがいいか？」

思い出すのは、あの男が見せた、七菜の苦痛に歪む顔の映像。

七菜は今も辛そうな顔をしていた。しかし、汗にまみれて顔を赤らめる七菜は、涙を浮かべて優しく微笑む。

「ンッ、ん、……うん、気持ち……いいです」

その嬉しそうな笑みを、俺は生涯忘れないだろう。

ずっと見せていてほしい。俺だけに、君が最高の快感を得ている可愛い表情を。

「すき……すき……！　稔さん……っ」

「愛している。七菜……、俺は君を決して放さない！」

たまらなくなって、抱きしめた。七菜は痛いかもしれない。だけど自分を制御できなかった。

放したくない。この温もりは俺のものだ。やっと見つけた、俺だけの宝物だ。

抱きしめたまま腰を動かし、何度も抽挿する。

はしたない水音と、肌のぶつかる音。暗い寝室はその音と喘ぎ声だけに支配され、俺は七菜の唇に口づける。

ふいに、耳鳴りにも似た音がした。限界が近いと感じ、俺は力まかせに七菜の奥へと杭を穿つ。

その瞬間、頭の奥が白く光り、激しい吐精感に襲われる。その欲望のまま、膜ごしに勢いよく精を吐き出した。

それは気が遠くなるほど気持ちがよくて――今までにないほどの多幸感で満たされて。

「七菜」

愛しい人の名を呼ぶ。

七菜は荒く吐く息を懸命に整えながら、静かに俺を見上げた。

「俺を好きになってくれて、ありがとう」

俺は、どんな顔をしてその言葉を言ったのだろう。

七菜は泣きそうに顔を歪めた後、涙目で「はい」と、笑みを浮かべた。

第七章　一陽来復で愛し合おう

体を繋げた次の日というものは、いつにも増して恥ずかしいのだと、私は今日初めて知った……

ピピピ、ピピピ。

聞き慣れないアラームの音で目が覚めると、裸の私の体には、同じく真っ裸の稔さんの腕が絡みついていた。

「う、うぅ……」

恥ずかしい……。昨夜はなんだか、めちゃくちゃ乱れてしまった気がする……

でも、心は不思議と落ち着いている。私は自分の胸に手を当てた。

あの人に捕まって、あんなにも傷ついた。動画を見られたからには、もう稔さんの傍にはいられないと思った。

自分の体が、たとえようもなく汚く感じて、穢れた体が嫌で嫌で、過去の自分が愚かすぎて、消えてなくなりたかった。

しかし、私は今、ここにいる。稔さんに抱きしめられて、想いを伝え合って、体を繋げて……こんなにも幸せな気持ちで、目覚めた。

やっぱり私、単純なのかな。

セックスはトラウマになるほど怖かったはずなのに、稔さんに優しく触れられて、愛を囁かれて抱きしめられると、恐怖心が驚くほど溶けていった。

『君はすでに、過去を乗り越えている。今の君に必要なのは、俺を信じることだ』

昨日、稔さんはそう言っていた。

つまり、そういうことなのかな。私は自分でも気づかないうちに、ちゃんとあのトラウマを乗り越えていたのかな。

――そうだとしたら、嬉しい。

いつまでも、あの人との過去で苦しみ、怖がり続ける人生なんてごめんだもの。

私が過去を乗り越えるきっかけをくれたのが、稔さんでよかった。

……稔さんを、好きになれて……よかった。

私はくるりと体勢を変えて、稔さんと向かい合う。彼はまだ寝ているのか、目を閉じていた。

綺麗な顔。寝ている顔まで整っているなんて、ちょっとずるいよね。

私は稔さんの頬に触れる。

朝だからかな、肌触りがちょっとザラザラしていて、とても男性らしさを感じる。不思議と、ドキドキする。

昨日、私は絶望の最中で、ようやく稔さんへの恋を自覚した。だからこそ自分の過去に、たとえようもない嫌悪感を覚えて自暴自棄になってしまい、稔さんが初めて私に声を荒らげた。そして、体を繋げて……

私はその時、彼への気持ちを口にした。

改めて思う。私はこの人が好きなのだと。

平凡で、なんの取り柄もない私。稔さんは私のどこを好きになったのか、いまだにわからない。だけど、感謝の気持ちは持っている。

私を好きになってくれてありがとう。私の心を救ってくれて、ありがとう。

思えば、稔さんと一緒に生活を始めて、私はこの人からなにかをもらってばかりだった。できることなら、私からもなにかを返したい。でも……なにをしたらいいんだろう。

稔さんの頬を撫でながら考える。ざらざらした感触が気持ちいい。

……そうだ。私ができること、ひとつ思いついた。

でも、稔さんは喜んでくれるかな？　少しは感謝の気持ちを示せたらいいな。

本当に、私はこの人に助けられてよかった。稔さんを好きになれてよかった。この人じゃなかったら、私はきっと、ここまで強くなれなかっただろう。

「稔さん……好きだよ」

ありったけの気持ちを込めて、呟く。

するとその瞬間、稔さんの目がカッと開いた。

「ひゃっ⁉」

「俺も好きだ。七菜」

「い、いや、えっ？　起き……！　いつ……いつから⁉」

「君が目覚める前から起きていたが、あまりに七菜の肌が気持ちいいので、しばし目を閉じ、感触を味わっていた」

いやいやいやいやいや！　目を閉じて味わうなんて、やめてください！

「すると、おもむろに七菜がこちらを向いて、俺の頬を撫で始めた。朝からなんというご褒美なのだと喜んでいたら、君は唐突に俺が好きだと口にするし、幸せ過ぎて頭がおかしくなってしまう。いや、もうおかしくなってしまった」

そう言うなり、稔さんはガバッと私の上にのしかかった。

ちょっと待って！　ステイ！　落ち着いて！

「ああ、七菜。好きだ……」

朝から稔さんは艶やかな声で囁き、私の首筋にキスをする。

「まっ、待って！　待ってください！　今日は平日ですから！」

ぐいぐいと彼の胸を押していた時、ちょうどのタイミングでアラームが音を立てる。

ピピピ、ピピピ。

「……仕方ないな……」

本気で悔しそうに稔さんは呟き、乱れた髪を掻き上げながらアラームを止めた。

嫌々起き上がる稔さんを見ていると、なんだか笑いがこみ上げる。会社では鬼侍と言われて恐れられていて、私だってずっと怖いと思っていたのに。

一緒に住んでみたら、稔さんはこんなにも人間らしくて「朝起きるのが面倒くさい」と、皆と同じようなことを思っている。

そういう稔さんの顔を、私だけが知っている。それがこそばゆくて、嬉しい。

「朝ごはん、一緒に作りましょう」

私も起き上がって言うと、眼鏡をかけた稔さんが優しく目を細めて「ああ」と頷いた。

そして、私の頬を撫(な)でる。

「よかった。七菜が、ちゃんと笑ってくれて」

心底安心したように、稔さんが笑った。私は彼の手に自分の手を添える。

温かくて、大きな手。私の大好きな、優しい手。

「はい。ありがとうございます、稔さん」

あなたが私を抱きしめてくれたから、私は今、こうやってあなたの傍にいるんだよ。

私ひとりだったら、こんなにも早く立ち直ることなんてできなかった。

　だから、稔さんにはいくら感謝してもし足りない。

　一緒に朝食を作って食べる。毎日の儀式みたいに、ここに住んでから私達はお互いに協力しあって、同じ時間を共有している。

　今はすっかり稔さんとの時間が大切になっていた。

「七菜、昨日のことだけれど」

　食事をしながら、ふいに稔さんが話を切り出す。

　稔さん特製のふわふわオムレツを見てニコニコしていた私は、ハッとして顔を上げた。

「彼に関しては、俺に考えがある。もしかしたら、諦め悪くふたたび七菜の前に現れる可能性もあるが、二度と辛い思いはさせない。だから、もう少しだけ我慢してほしい」

　まっすぐに私を見て、稔さんが言う。

　――そう。その件に関しては、いまだ状況は変わらない。私の心は過去を乗り越え、稔さんへの気持ちを自覚し、随分前向きになれたけれど、あの人が最悪な『脅迫材料』を所持していることに変わりはないのだ。

　でも、稔さんがそう言うのなら、私は従う。

「……はい」

　頷き、フォークに挿したオムレツを食べる。

くしゅくしゅで、ふわふわのオムレツ。口に入れると淡雪みたいに溶けて、バターの後味が色濃く残る。

「大丈夫です。もう私は、あの人の言動で傷ついたりしません」

あなたが勇気をくれたから。弱虫な私を励ましてくれたから。

もう逃げたりしない。私も戦いたい。

ぐっとフォークを持つ手に力を入れて言うと、稔さんは穏やかに口の端を上げた。

「ありがとう。七菜がそう言ってくれるなら、俺に憂うものはない」

力強く私を見つめ、私の口の端についたオムレツの欠片を、指で拭う。その仕草に私はたちまち顔を熱くさせ、俯いた。

ちょんちょんとオムレツをフォークでつついた後、「あっ」と大切なことを思い出して、ふたたび顔を上げる。

「そうだ、稔さん」

「ん？」

トーストを口にしながら、稔さんが首を傾げた。

「あっ、あのね。今度の金曜日なんですけど。私、午後から半休を取りたいんですよ」

「そうなのか？　別にかまわない……というか、当然の権利なんだから、自由に取ったらいいだろう」

「それは、そうなんですけど、あの……稔さん、その金曜日なんですけど、ひとつお願いがあるんです」

「ああ。なんだ？」

ううむ、なんと言えばいいかな。詳細はサプライズにしたいし……

「ええと、金曜日はうーんとお腹をすかせて、帰ってきてほしいんです！」

ぎゅっと目を瞑って訴えると、稔さんは「えっ？」と問い返した。

「だから、お腹をすかせて帰ってきてください。スーパーとか寄らないで、買い食いもしないで、夜はまっすぐ帰ってきてください！」

「あ、ああ。……これまでの人生でも買い食いはしたことがないが、わかった」

心底不思議がってはいるものの、稔さんはちゃんと頷いてくれた。

よしっ！　これで金曜日は心置きなく準備ができるぞ！

「今週の金曜日は最後の週末になるのか。……この期間限定の同棲生活は、あと二週間もないんだな」

稔さんはどこか遠い目をして、しみじみ言う。

ハバタキユーズの製品や試作品を試すという名目で、私達は共に暮らしている。

その期間は二ヶ月。同棲も一ヶ月半を過ぎて、彼が言うとおり、あと二週間もない。

だから私は決めたのだ。今週の金曜日に、私のありったけの想いを伝えようと。

……思えば、最初にここに連れてこられて、いきなり同居だの、疑似的な夫婦になるだのと説明された時は、目を白黒させたっけ。

たった一ヶ月半ほど前の話なのに、随分遠い昔のように感じる。

まさかこんなにも稔さんを好きになってしまうなんてね、と。私は小さく笑うのだった。

稔さんと約束した日まで、私はひたすらレポート作成に精を出した。

そして今日は、金曜日。稔さんとの共同生活も、あと一週間だ。

ハバタキユーズの様々な商品を、日常生活の中で実際に使い、評価する。午前中の今も私は、任された仕事の総仕上げをしていた。

私がデスクにかじりついてパソコンのキーボードを叩いていると、通りかかった先輩が声を掛けてきた。

「雛田さん。あなたの評価シート、読ませてもらったよ～」

「ありがとうございます。正直に使用感を書きましたけど、大丈夫でしたか？」

横を向いて聞くと、女性の先輩がマグカップ片手にニッコリと笑う。

「よかったよ！　社内レビューなんて、当たり障りないコメントでお茶を濁されるかなって思っていたけど、雛田さんの評価はとてもわかりやすいし、問題点の指摘も納得できたよ。おかげで改善点もたくさん見つかったし、お礼を言いにきたの」

その言葉に、私は目を丸くする。

この会社に入って初めて、自分の仕事が認められた気がした。

私は入社当時から稔さんに注意ばかりされていて、仕事ができない自分に落ち込んだり、自信を失ったりしていた。

でも、稔さんは、本当は私の仕事をちゃんと評価してくれていた。

そして今、先輩にお礼を言われたことで、自信に繋がったように思う。

まだまだ開発部の一員としては足りないところが多いけど、私はようやく第一歩を踏み出せたのかもしれない。入社して一年経ってようやく第一歩って、そんなだから私はポンコツなのかもしれないけれど……

それでも、前に進むことができてよかった。

最初は身の丈に合わない会社に就職が決まって戸惑い、仕事のできる同僚に囲まれて、皆みたいにキビキビ仕事をすることができず、自己嫌悪に陥って（おちい）いた。

でも、自分のこれまでの一年間は無駄じゃなかったんだ。

「私が役に立てて、本当によかったです」

私が言うと、先輩は私にチョコレートの包みを一個くれて、笑って去っていく。

しばらくすると、他の先輩や、私の報告書を読んだ同僚がチラホラとやってきて、お礼を言われたり、内容について意見されたりした。

ずっとこの開発部の中で、自分は一番の落ちこぼれだと思っていた。今ようやく仲間に入れた気がして、嬉しい。

大変だったけど、この仕事を頑張ってよかった。

ハバタキユーズに就職しなければ稔さんに会うこともなかったし、そうだったなら、私はまだ男性に対する恐怖心を克服できていなかっただろう。

だから私は、この巡り合わせを奇跡のように思う。

たくさんの人の助けがあってこそだけれど、私はもう大丈夫なんだと、これ以上ない勇気が湧いてくるようだった。


お昼休みのチャイムが鳴るまで仕事を進めて、昼から半休を取っていた私は皆に挨拶してからフロアを出る。

ロッカーで支度を終え、稔さんに家に帰ることをメールした。

あの日から、私は一度も亮一さんを見ていない。少し気になるけれど、さすがに昼間からうちの会社を見張ったりすることはないだろう。

あの人にも仕事があるだろうし。

そう思いながら会社を出て、最寄りの駅から電車に乗った後、家の近くにあるスーパーに寄って買い物をした。

好きな人を想って食材を買うのがこんなに楽しいなんて、知らなかった。

結局、稔さんの好物はこの二ヶ月ほどではわからなかったなあ。でも男の人だし、お肉は嫌いじゃないはずだから買ってもいいよね。それからニラとキャベツ、ピーマン、タマネギ。

むむ、野菜が多い？　でも体にいいし、大丈夫だよね。

スマートフォンのメモ帳に書いた買い物リストに従って、食材をカゴに入れる。

買い物を済ませた私は、肩にエコバッグをかけて徒歩で家に向かった。

道中で、スマートフォンが鳴る。ポケットから取り出して確認すると、稔さんからの電話だった。

「はい、もしもし……」

『七菜。今、どこにいるんだ？』

挨拶（あいさつ）もそこそこに、どこか緊迫した様子で稔さんが訊（たず）ねる。

どうしたんだろう？　こんなにも余裕のない稔さんはめずらしい。

「いつものスーパーからの帰り道ですけど……」

『そうか。俺も今、家に向かっているところなんだ』

「え、家に？　どうして……」

稔さんは午後も仕事があるはずだ。私は首を傾げながら歩いたけれど、その足を止める。

『七菜、俺が行くまで家には近づくな、そこには……』

「はい。……ちょっと、遅かったみたいです」

私が言うと、稔さんが電話口で息を呑んだ。

『七菜……』

心配そうな、稔さんの声。でも私は、彼を安心させるように笑った。

「大丈夫ですよ。このことを伝えるために電話をしてくれたんですね」

『すぐに行く。身の危険を感じたなら、声を上げて逃げるんだ』

「わかりました」

頷き、電話を切る。

そして顔を上げた。私達の家の前。――そこには、北川亮一が、待ち構えていた。

彼は私を視線で射殺さんばかりに睨んでいる。

今までは、彼の睨みにすぐに怖じ気づいて、なにもできなかったけれど。

……今は違う。自分の手を見てみると、少しも震えていなかった。

彼と距離を置いて立っていると、亮一さんは私を睨みながらのしのしと近づいてくる。

それを制止するように、私は声を上げた。

「それ以上近づいたら、警察を呼びます」

スマートフォンを掲げて言うと、亮一さんは舌打ちをして足を止めた。

「七菜のくせに態度がでかいな。それはあれか？　あの御曹司に仕込まれたのか？」

「稔さんのことですか？　いいえ。これは私の意思です。あなたとはもう関わりたくないし、同じ空気も吸いたくない。私はあなたが、嫌いですから」

はっきりと言った。

亮一さんの顔が、嫌悪に歪む。対して私は、胸の内がスッと軽くなるのを感じた。

ああ――そうなんだ。私、ずっとこれを、言いたかったんだ。

口にしてから、ようやく自覚する。そうだ、つきあってる時から、怖くて離れることもできなかった頃から、この人が嫌いだったんだ。

亮一さんは私の言葉に少したじろいだ後、ニヤリと嫌な笑みを浮かべる。

「へえ？　でも、お前は嫌いな俺の言うことを聞かざるを得ないよな。前に会った時に、あの御曹司に見せたものを、改めてお前にも見せてやろうか」

おそらくは、それを言えば最後、私はたちまち弱くなると思っているのだろう。

アレは彼にとって切り札。私に言うことを聞かせる魔法の道具なのだ。

でも、もう通じない。

吐き気のするような私と彼の様々な『証拠』を稔さんが見たという事実に傷つき、絶望し、もう一緒にはいられないとさえ思った。

けれど、稔さんは私を抱きしめて言ってくれたのだ。

体が汚いと言う私に、綺麗だと。

元彼の記憶を、自分が塗り替えたいと。

稔さんは私を優しく、激しく、抱いてくれた。彼の言葉から、仕草から、たくさんの愛を感じた。それは私に、ぶれない勇気を与えた。

もう、なにを見せられたって屈しない。

だって私は、もうあの過去を、乗り越えたんだだから。

「あんな下劣なものをどれだけ見せても、稔さんは私を嫌いません」

あなたの魔法は効かない。言うことも聞かない。

私は亮一さんの、都合のいいオモチャじゃないんだ。

信念を持ってお腹に力を入れて睨むと、亮一さんは癇癪を起こしたように自分の髪を掴み、地面を蹴った。

「なに、上から目線で、偉そうに言ってんだよ。でけえ胸しか取り柄のない、ビッチが！」

あまりに酷い罵詈雑言に、私は眉をひそめる。

でも、これが亮一さんが私に抱いていた本音なんだ。こんな人と一時でもつきあっていた自分が情けなくて、嫌になる。

でも私は、胸しか取り柄のない人間じゃないし、男性に対し誠実に生きているつもりだ。仕事だって同僚や先輩に認められた。稔さんに『七菜だから好きになった』と言ってもらえた。

懸命にそう自分に言い聞かせて、自分の存在意義を確かめる。

体の震えはなくなったけれど、なにも感じないわけじゃない。やっぱり亮一さんの威嚇（いかく）は、私の骨身にしみるような恐怖を与えてくる。

「ああそうかよ。あの御曹司が味方になって、怖いものはないって言うんだな。それならそれで、俺にも考えがある。あの動画や写真を、ネットにばらまいてやる」

驚愕（きょうがく）に目を見開く。

私の驚きに、ようやく亮一さんは満足したような笑みを浮かべた。

「もちろん名前も住所も勤務先も、個人情報をすべて一緒に流してやるさ。ああ、今はあの御曹司とヤリまくってるって書けば更に盛り上がりそうだな。なんせあのハバタキユーズの社長子息だもんな！」

ぎゃはは、と亮一さんが楽しそうに笑った。

そんなことをすれば、間違いなく稔さんに迷惑がかかる。ハバタキユーズは世間でも名が知られている大企業なのだ。その社長子息と関係のある私の、過去の卑猥（ひわい）な動画や写真がばらまかれたら、稔さんや会社のイメージが一気に悪くなるだろう。

そんなのは嫌だ。

私はいい。だけど、稔さんが辛い立場になるのだけは、嫌だ。

どれだけ私は、悲愴な顔をしたのだろう。亮一さんが気をよくして、猫なで声をかける。

「嫌だったら、俺の言うことを聞くんだ。なに、別に無茶を言うつもりはない。ただ、俺が呼んだ時に、何度かヤラせてくれれば……」

「一般的に、そういう脅迫行為はリベンジポルノと言い、歴とした犯罪だ。お前は、知らないのか?」

私のうしろから、声が響く。

その静かな声色は私の心を不思議と落ち着かせる。真面目な人だと、顔を見なくてもわかるほどの硬い声。

ああ、来てくれた。

私が振り向くと、そこには会社で見るのと同じ、スーツ姿で冷厳な表情をした稔さんが立っている。ノンフレームの眼鏡が、初夏の日に照らされて、にぶく輝いていた。

はっ、と、亮一さんが鼻で嘲笑う。

「大企業の開発部長さんが、こんな平日の昼間からサボりかよ」

「営業の外回りという名目でろくに仕事もせず、七菜の住所を特定したり、うちの会社を見張って七菜の後をつけるような男に言われたくないな。俺はちゃんと外出許可を得て、ここにいる」

そう言って、稔さんは壮絶なほど艶めいた笑みを浮かべた。

「北川亮一。お前がハバタキユーズを見張っているところは監視カメラで押さえてあるし、俺の後をつけて住所を特定したことも、深夜に住居侵入を図ろうとしたことも、なんなら俺は知っている。監視カメラの動画と写真も揃えて、警察に被害届を出しておいたぞ」

「な……っ!?」

「ええっ!?」

私と亮一さんの声がかぶってしまった。いや、こんなところで彼と同じ反応なんてしたくなかったけれど……

「いやいや。住居侵入!? どうしてそんな……！」

「俺と七菜がつきあっているという決定的な証拠でも写真に収めたかったんだろう。ネットにばらまくなら、そのほうが効果が高いと考えた。そうだろう？」

稔さんが淡々と指摘すると、亮一さんは苦虫を噛み潰したような顔をした。

きっと図星なんだろう。でも、なぜ、そこまで私に執着するの？

「どうして……」

亮一さんが舌打ちをした。

「気に入らねえんだよ。便利な女だったのに、俺がよそ見している隙に雲隠れしやがって。ちゃっかり大企業に就いて、しかもそこの御曹司と同棲ときた。七菜のくせに勝ち組過ぎておかしいだろ。どうせエロい体を使って、面接官やら御曹司やらを、落としたくせに」

それは、心底私を見下す、亮一さんの蔑み。

――やっぱり、大学の頃から私はそう見られていたんだ。

ちょっと可愛いって褒めたらコロッと恋に落ちて、世間知らずだったから亮一さんの言うことをなんでも聞いた。多くを望まず、彼が求めた時だけ体を開く、便利な……女。

ぎゅ、と自分の手を握りしめる。

私はバカだ。バカだった。本当に、この人とつきあってしまったのは人生の汚点だ。

他の女の子みたいに、見た目のよい素敵な彼氏とキャンパスライフを謳歌するような、キラキラした生活が送れるはずだって信じていた。

私は悪い人に騙されたりしない。この人の愛は本当なんだって、思い込んでいた。

だから痛くても苦しくても我慢して、言うことを聞いていた。

これが『普通』なんだって……こうしないと嫌われるって思って……いつの間にか『好き』が『怖い』になっても、彼が私を捨てるまで、ずっとつきあい続けた。

その結果がこれだ。

彼に卑猥な写真や動画を保管されていて、こうして、過去の自分の愚行が今の私の足をひっぱる。これに後悔せずして、なにに後悔しろというのだろう。

その時、落ち込む私の肩に、温かいものがのせられた。

顔を上げると、隣には毅然とした稔さんが立っていて、私の肩を抱き寄せてくれた。

「七菜は正当に評価され、ハバタキユーズに入社したんだ。面接落ちしたお前とは違う」

えっ⁉

私は慌てて稔さんと亮一さんを交互に見る。

「お前があまりに七菜につきまとうのでな。人事部で調べた。自分が面接落ちして七菜が受かったのが気に入らなかったのか？　逆恨みもいいところだな」

稔さんが不敵な笑みを浮かべる。亮一さんが、殺気すら込めて稔さんを睨み付ける。

「うるせえ、黙れよ」

「お前がリベンジポルノをしていることも警察に伝えてある。さすがに『証拠』を提示するのはためらうが……。お前が後生大事に隠し持っているコピーデータをネットにばらまくというのなら、俺もお前を蹴落とすのに容赦はしない」

稔さんはなにを言っているんだろう。証拠とか、コピーデータとか……。私の、あの動画や写真のことを指しているのはわかるんだけど、事情がよくわからない。

でも、亮一さんに意味は通じたようだった。

明らかに、彼の表情が変わる。

「てめえ、俺のスマホぶっ壊した時に……！」

「下劣なお前のことだから、データを他に残しているだろうと想像していたが、当たっていたようだな。だが、今のお前にとってあのデータは、動かぬ証拠になる。自分の人生を大事に思うのなら、ただちに破棄しろ」

それは、ほとんど脅迫だった。

稔さんは、亮一さんの人生を壊す切り札を持っている。そのことに気づいた亮一さんは、一気に苦々しい表情を浮かべ、後ずさりをした。

しかし稔さんは、さらにたたみかけるように、一歩前に進む。

「それに、今のお前に、七菜をかまうヒマがあるのか？」

その言葉が、亮一さんにとって痛恨の一言のようだった。

目に見えてたじろぐ。絶望の顔で、うしろ足でたたらを踏む。

その時、まるでタイミングを計ったように、ピリリ、ピリリ、と音が鳴った。

私じゃない。稔さんでもない。着信音を鳴らしているのは、亮一さんのポケットの中。

「あ、ぁ……あ……」

ガクガクと亮一さんの手が震えた。そしてポケットから新品と思しきスマートフォンを取り出し、画面を見て、目を見開く。

ピリリ、ピリリ。

着信音は止まらない。そんな中、亮一さんは稔さんを睨み付けた。

「てめえ……。てめえは、あいつに、なにをしやがったんだ！」

「別になにも。ただ、君が現在おつきあいしている令嬢と顔見知りだと、俺は前に言っただろう？」

亮一さんがおつきあいしている令嬢……。たしか、電話で聞いた友達の話によると、亮一さんは、自分が働いている会社の専務の娘さんとつきあっているはずだ。

「大学時代から、彼女の執着心の強さは桁違いだったな。通話履歴やメールのチェック。SNSサイトの監視、プライベートの予定はすべて報告しろと言い、女の影を常に疑い、興信所に調べさせる。お前は毎日、その束縛を受けているはずだ」

稔さんの言葉に、亮一さんの顔色がサッと青ざめる。

「当時、俺は相手にしなかったが、お前は彼女と結婚を前提にした恋人関係だ。だから、知り合いのよしみで彼女に助言した」

「な、なんだと……!?」

「君の恋人が昔の女の写真を後生大事に保存していると教えたんだ。こちらが驚いてしまうほど怒っていたよ。ここのところ営業の外回りと言ってなかなか会社に帰らないのは、令嬢の父である専務の目が怖いのもあるのか？　あの人は娘を溺愛しているからな。

彼女は、父親にも話すと言っていた」

ピリリ、ピリリ、ピリリ。

着信が途切れても、ふたたび音が鳴る。何度も何度も、狂ったようにスマートフォンは鳴り続ける。

それと同時に、亮一さんの息づかいがどんどん荒くなって、目は血走っていた。

「仕事がろくにできないお前は、専務の娘とつきあうことでしか、自分の立場を守れない。今なら将来もある程度約束されているが、あの令嬢の独占欲は桁外れで、支配欲が強い。それでもお前は彼女と別れるわけにはいかないんだろう？　文字通り、首がかかっているからな」

稔さんがトントンと自分の首を叩いた。

「鷹沢稔……。お前があの女を刺激したのか！　今の俺は常に監視されて、息の詰まる生活を強いられているんだぞ。お前が、余計なことをするから！」

「また得意の逆恨みか？　仕事ができないのも、あんな令嬢に尻尾を振ることしかできないのも、すべて北川亮一、お前が人生の落伍者だからだ。それなのに、俺の七菜につきまとい、更には下劣な材料で脅迫して憂さ晴らしをしようなどと、許されることではない」

鳴り続ける、スマートフォンからの着信音。しかしそれが、ふいに止まった。

代わりに、うしろのほうから車の排気音が聞こえてくる。それはどんどん近づいて、やがて――

　私達の家の前に、黒い乗用車が止まった。

「ほら、痺れを切らしたお前のご主人様のご到着だ。大切にしていた下衆なものは綺麗に破棄して、尻尾を振ってくるといい。そして、お前が七菜を苦しめたように束縛され、執着されろ。……お前の将来の奥様は、一生お前を支配するだろう」

　強者に媚びることでしか社会で生きる術を持たない彼は、誰かにすがって生き続けるしかないのだ。監視されようと、束縛されようと、毎日が針のむしろで息苦しくても。

　これは、他人を虐げることでしか自分の立場を優位にできなかった人の、末路のひとつなのかもしれない。

　亮一さんは、まるで絞首台にでも赴くような蒼白の表情で、のろのろと車に近づいた。静かに開いた後部座席のドアから乗り込み、首を垂れてゆっくりと入っていく。

　一度もこちらを振り向くことはなかった。

　恐らく、振り向いたら最後、今度は自分がどんな目に遭わされるのか――散々他人に執着した彼は、知り尽くしていたのだろう。

　黒い車は静かな排気音を立てて去っていき、稔さんがふぅと息をつく。

「間に合ってよかった。七菜からの連絡を受けたすぐ後に、あの男がうちの会社周りをうろついていると警備員から報告を受けたんだ」

稔さんが私の体を抱きしめ、安堵したように頭を撫でてくれる。

そっか……。だから電話で、あんなにも焦っていたんだ。

「助けてくれてありがとう、稔さん」

私がお礼を口にすると、彼は私の額に口づける。

うう、サラッとキスされるのは、ちょっと照れてしまう。こんな風に触れてくる人だなんて、最初はまったく想像もしていなかったけど、本当の稔さんって、ものすごく甘い人なのかも。

「色々憂いもあっただろうが、もう大丈夫だ。彼がつきあっている令嬢には、事細かに説明しておいたからね。徹底的に『過去の女』に関するものは破棄されるだろう。それに、警察にも被害届を出しておいたから、今後一切、七菜の周りをうろつくこともない」

そんなことは、なにより彼の婚約者が許さない。

ものすごい執着と束縛を受けているというのは、彼の言動から察した。令嬢に相当苦労していることは想像できる。

大変そうで可哀想だな、と心のどこかで思ったけれど、少なくとも私に関する『脅迫材料』は綺麗さっぱりなくなるのだから、それは本当によかった。

「それにしても稔さん。いつの間にか亮一さんのスマートフォンを壊していたんですね」

私が言うと、稔さんは真面目な顔で頷いた。

「怒りに我を忘れていたので記憶が定かではないが、こう……折ったのは覚えている」

稔さんが、板チョコを割るみたいな仕草をした。

「えっ……スマホってそんな風にパッキリ折れるものだっけ？」

「うむ、折れるようだな。あと、地面に落として踵で踏むと、粉々になる」

「……う、う〜ん、粉々になるかな……？」

私が踏んでも粉々にするのは難しそうだけど……まあ、稔さんなら確かにできそうだ。

私が納得していると、稔さんが足元に置いていたエコバッグを持ち上げた。

「そういえば、買い物帰りだったのか。随分買い込んだようだな」

「あっ、えっと……そうなんです」

ハタと我に返る。しまった……買い物の内容は内緒にしようと思っていたんだけど、亮一さんが現れたりしたものだから、すっかりそのままになっていた。

エコバッグの中身を確かめた稔さんは、私に顔を向ける。

「そういえば、今日は腹をすかせて帰ってこいと、前に君が言っていたが……？」

「そ、そう……です。あの、本当はサプライズにしようと思っていたんですけど、今日は私がごちそうを作りたいと思って、半休を取ったんです」

こんなことを白状するのは恥ずかしいけど、このまま黙っているわけにもいかない。

稔さんが驚きに目を丸くした。

「今日は特に記念日ではないと思うが？」

「はい。普通の金曜日です」

私が返すと、ますます稔さんは不思議そうな顔をした。

そりゃそうだ。なんでもない日だというのに、半休取ってごちそうの用意をするって、どうして唐突にと疑問に思われても当然だ。

けれども、私はどうしても、早めにやっておきたかったのだ。私の気持ちを、ちゃんと彼に伝えたかったから。

「私、稔さんとここで一緒に暮らさなかったら、ずっと変わることもできずに、男性も怖いままでした。だから、私を好きになってくれて、助けてくれてありがとうって気持ちを、どうしてもなにかの形でお返ししたかったんです……」

そう。これが、私なりの気持ちのお返し。

料理は得意じゃなかったけれど、この家で稔さんと一緒に生活して、少しずつ練習した。少なくとも住み始めた頃よりは、腕は上がっているはずだ。

ふたりでここに暮らす時間は、あと一週間しかない。

だからこそ、彼に気持ちを示したいと思った。ごちそうは前菜みたいなもので、メインは別にあるのだけど。

稔さんは、しばらくエコバッグを眺めていた。

そしてふいと私に体を向け、ふたたびギュッと抱きしめる。

「七菜……、嬉しい。お返しなどいらないのに。本当に君は誠実な性格をしている」

「そっ、そんな、そこまで感動されるようなことはしてないですっ！　あ、あと、ここ、家の前だけどお外なので、そうやって抱きしめるのは……っ」

「七菜を思うだけで、息苦しくなるほど愛おしい。かつてないほど、腹をすかせて帰ってこよう。昼飯も抜こう。これから飲まず食わずで仕事をしてくる」

「それはちょっと!?　というかお昼ごはんもまだだったんですか!?　食べてください！　あと水分補給もちゃんとしてください！」

どれだけお腹をすかせてくるんだ。そこまでしてほしいわけではない。

私が彼に抱きしめられながらあわあわしていると、ちょうどのタイミングで、犬と散歩する中年女性が、家の前を横切った。

その人は抱き合う私達を見るなり、口に手を当て、驚愕（きょうがく）の表情を浮かべる。

「み、み、稔さん～！　せ、せ、せめて、家で～！」

「七菜、いい子で待っているんだぞ。君の作る料理を、心から楽しみにしている」

ダメだ、稔さん、私の話を聞いていない。しかも私の額（ひたい）や頬、唇に、キスをし始めた。

ひぇ～！　やめて～！　恥（は）ずかしい！

私がチラッと視線を向けると、犬の散歩中のおばさんはキャッと恥ずかしそうに両手で顔を隠して、慌ただしく去っていった。

うわあ、ごめんなさい、名も知らないご近所の方！

私は恥ずかしさのあまり気が遠くなってしまって、稔さんはそんな私を抱きしめたまま、熱烈にキスの雨を降らし続けたのだった。

その夜。稔さんは有言実行の男だった。

本当にお昼ごはんを抜いてくるなんて……。私が水分補給はしてくださいとお願いしたため、水は飲んでいたようだったけど、私としてはそこまでしなくてもよかった。

夜に帰ってくるなり、稔さんは私の唇にただいまのキスをした。

普段通りの無表情をしているが、テーブルについた稔さんからほとばしるワクワクしたオーラみたいなのがすごい。楽しみで楽しみで仕方ない子供みたいな……そんな雰囲気を感じる。

これはこれでプレッシャーだ。そんなに大したものを作っていないので、申し訳ない……

でも！　今回は頑張ったのだ。なにせ、混ぜればできる系のレトルトを使わなかった！

しかし何度も味見して思い知ったのは、もしかするとレトルトのほうが美味しいのではないかという自信喪失であったのだが……。レトルトって、すごい。

つまり、うちに限らず、どのジャンルの企業も、自社の製品をよくしようと技を磨いているということなのだ。

「大したものじゃないんですけどね」

そう言いつつ、テーブルに料理を並べた。

「そんなことはない。とても美味しそうだ」

お料理のジャンルは中華である。洋食も和食も好きなのだけど、なんとなく見た目が豪華なのは中華かな、と思った結果だ。

おかずを並べ終わった後は、ほかほかのご飯をよそった茶碗を置いて、私も席につく。

「本当に美味しいといいんだけど……」

先にお腹いっぱいになるくらい味見したから、まずくはないと思う。でも稔さんは普段からいいものを食べていそうだから、それと比べられるとちょっと辛い。

稔さんは「いただきます」と手を合わせてから茶碗を手に取り、まずはメインのお料理である酢豚を食べ始めた。

そして、クワッと目を見開く。

私はビクッと身をすくませた。

「美味しい。すごい……七菜、とても頑張ったんだな」

「あ、本当ですか？　頑張ったけど……自信はなかったから。でも美味しいのなら、よかったです」

ホッとして、私も酢豚を食べる。レシピ通りに作ったけれど、もしかしたら稔さんはあまり甘くないほうがいいのかな？　なんて思って考え込んでしまった。

稔さんは次に、もうひとつのおかずを箸で取った。

「これは……大根を使っているのか？」

「あ、そうなんです。実家の親が送ってくれた大根で。こっちは大根サラダ、そして稔さんがお箸で取ったのは、大根餃子ですよ」

私が説明すると、稔さんは感心したようにまじまじと大根餃子を見た。

「なるほど、大根を薄く輪切りして、餃子のタネを挟んで焼いたんだな」

「そうそう。実家で、よくお母さんが作ってくれたんです」

レシピもお母さんのものだ。私が大好きな味だから、稔さんにも美味しいと思ってもらえるといいな。

稔さんはぱくっと食べると、何度も頷いた。

「むむっ、これは、初めて食べる味だ。しかも美味しい。ポン酢がとても合うな」

「あっさり食べられるのが、大根餃子のいいところなんですよ」

私は笑って、大根餃子を食べる。歯応えを少し残す焼き加減に気を使った。

「肉がごろごろしているが、これは普通の挽肉ではないのか？」

「これは、ハバタキユーズのブレンダーを使って、かたまり肉から粗い挽肉にしてみたんです。そのほうが美味しいかなって思って」

「ああ、いい機転だ。普通の挽肉よりも食べ応えがあって、肉汁が口の中で溢れる。だが、味があっさりしているから、いくらでも食べられるな」

稔さんが幸せそうに目を瞑り、味わった。

どうやら、母直伝の大根餃子は大好評のようだ。何度もこっそり練習してよかった。

「大根サラダは、生でもとても甘く感じる。これは大根に特徴があるのか？」

「あ、そうなんです。ウチの大根は辛さ控えめの品種にこだわっていまして、サラダにも向いていますし、スティックにして、ディップをつけて食べるのも美味しいですよ。それに、浅漬けにも向いているんです。大根おろしにしてもピリピリした辛みが少ないから、味の濃い料理をまろやかにするのにも使えて……」

長々と語って、ハタと我に返った。恥ずかしくなって、俯く。

「ご、ごめんなさい。実はうちの大根の話になると、語ってしまう性質があって……」

慌てて謝ると、稔さんが私の頬に触れた。

「顔を上げて。親が作る大根なのだから、熱く語って当然だろう」

「そ、そうなんですけど」

「俺だって自社製品の話になると熱くなってしまう時がある。同じようなものだ」

稔さんの言葉を聞いて、私はキョトンとしてしまった。そして、ようやく意味がわかって、噴き出してしまう。

「ハバタキユーズの商品と、うちの大根を比べちゃダメですよ！」

「なぜだ。同じことだろう。君は自分の家に誇りを持っているということなのだから」

はっきり言う稔さんに、私は嬉しくなって微笑みを返した。

そんな風に言ってくれるのは、稔さんだけなんだよ。そう言いたかったけど、黙っておく。だって口に出すのは照れるから。

でも、その言葉はとても嬉しかった。私は両親の作る大根が、とても好きだから。

私の作った料理をあっという間に食べ終えて、お腹いっぱいになったらしい稔さんが「ごちそうさま」と箸を置いた。私は食器をシンクに入れた後、いそいそと隠していた包みを取り出した。

「あ、あの、稔さん。えっと、これなんですけど……」

「それは？」

白い紙で包装された小さな包みを、テーブルの上に置く。

「その、ここで稔さんと住み始めてから、すっかりお世話になってしまったので、お礼、のつもりなんです。ささやかですけど……」

私がぼそぼそ声で言うと、稔さんは目を丸くした。

そして、少し不満そうに包みを見つめる。

「俺は、そういう礼がほしかったわけではないんだが……」

「え？」

「い、いや。なんでもない。……ありがとう。七菜は本当に、気遣いのできる女性だな」

稔さんは少し目を伏せて、包みを受け取る。

どうしてそんなに残念そうなんだろう。中身は、稔さんが普段使っている手帳に合わせた革のカバーなんだけど……。もっと豪華な贈り物にすればよかったかな。

私は少し後悔しながら、もじもじと服の裾(すそ)を摘まんだ。

「そ、それでね。ここからが本題なんですけど」

ごくりと生唾(なまつば)を呑む。このために、私はごちそうを作り、プレゼントも用意したのだ。

稔さんが、思考の読めない顔で私を見つめる。

すうと息を吸って、私は覚悟を決めた。

「……好き、です！」

思ったより大声になってしまった。稔さんがキョトンとする。

「稔さんが、私、好きです。最初は怖かったけど……でも、稔さんはとても優しくて、こんな私を守ってくれて、辛い過去も乗り越えることができました。だからいつの間にか好きになっていたけれど、感謝したい気持ちもあって、稔さんのどこを好きになったかといえば、ちょっと説明がしきれないんですけど、あの」

つい、早口でまくし立ててしまう。それなのに、自分が思っていることの半分も、ちゃんと話せていない。

「決して、お世話になったから好きになったんじゃないんです！　でも助けてくれてありがとうという気持ちもあって、ごはんとその包みは、感謝のお礼のつもりなんです。私は、稔さんにストーカーされても、私を研究するとか言うヘンなところも、好きで……」

口にしながら、自分の背中が汗で濡れていることに気がついた。

すごく緊張している。こんなの初めてだ。焦って、意味もなく手を横に振ってしまう。

「ああいや、ストーカーはやっぱりちょっとやめてほしいし、研究も、どうかなって思うんです！　けど、結局、それが許せてしまう感じで……だから、私」

はぁっと息を吐く。そして、稔さんをまっすぐに見つめた。

「この共同生活だけじゃなくて。もっとずっと……一緒にいたいです！」

先日、稔さんと肌を重ねた日。

私は性交の快感に喘（あえ）ぎながら、彼に気持ちを口にした。

好きだと。稔さんを愛しているのだと。

でもあまりに勢い任せ過ぎたというか、改めて、ちゃんとけじめをつけたかったのだ。あんな風に、雰囲気に流されるようなものじゃなく。ちゃんとした形で、稔さんに気持ちを伝えたかった。つまりこれが、今日の本題である。

稔さんは驚いたように目を丸くした後、俯いた。

そして、クックッと笑い始める。

……声を立てて笑う稔さんは、初めて見た。いつも穏やかに微笑むとか、優しく目を細めるような笑い方が多かったから。

「まったく、君は……。俺の心のなにもかもを、華麗にさらっていく」

「え、え？」

渾身の告白にそんな感想をもらうとは思わなくて、私は首を傾げた。

「俺が言おうと思っていた言葉を、まるごと取っていくとは思わなかったよ。こんなところで先を越されるとは……。俺もまだまだだな」

ため息まじりにそう言って、稔さんは背中に手を回す。そして、なにかを取り出した。

黒いベルベットで覆われた小さな化粧箱。

私の目が、自然と見開く。

稔さんはゆっくりと、蓋をあけた。

「あ……」

息を呑む。中に入っていたのは、無色透明の宝石が美しく輝く銀色のリングだった。

「改めて、俺と結婚してほしい。契約の同棲は終わりを告げても、これからは本物の夫婦として、俺と共に生きてほしい。……傍に、いてほしい」

それは、多くの女性が憧れてやまない、プロポーズの言葉。

最初は実感が湧かなかった。でも段々と、稔さんの言葉が頭の中に浸透していく。

そして気づいた時には私の目頭が熱くなり、鼻がツンと痛くなっていた。

好きだ、愛していると、稔さんは事あるごとに私に囁いてくれていた。それはとても嬉しかったけれど、プロポーズの言葉は特別なんだと知る。

ずっと焦がれて、ずっと憧れていた言葉を、言われた気がした。

稔さんは箱から指輪を抜き取り、私を見つめる。

「返事を、七菜」

「……っ」

想いが溢れて、言葉に詰まる。口に出したら最後、涙まで出てきそうだった。

だから私は、ぎゅっと胸を押さえる。

そして精一杯踏ん張り、笑みを浮かべた。

「はい……嬉しい、です」

相手が誰だとか。稔さんの立場とか。身の丈に合わないいんじゃないかとか。
そんなことは、どうでもよかった。
私を助けてくれた稔さん。私を好きだと言ってくれた稔さん。
彼からたくさんのものをもらった。私もたくさんのものを返したい。
優しさに触れて、優しくしたいと思った。
稔さんと同じ道を歩みたい。彼が歩む人生の傍に、私もいたい。
ぐす、と鼻をすすると、稔さんは眼鏡の奥にある目をゆるやかに細めた。
私が左手を差し出すと、薬指に指輪が嵌められる。
まばゆいほどに輝くダイヤと、銀色の光沢を放つプラチナのリング。
こんな指輪をもらって、約束の指に嵌めてもらう日がくるなんて、想像もしなかった。
とても嬉しくて、私は左手を右手で抱きしめる。
そして、稔さんに笑いかけた。
「ありがとう、ございます」
「こちらこそありがとう。――俺の七菜。俺と一緒に幸せになろう」
「はい！」
私が大きく頷くと、稔さんは私の顎を摘まみ、そっと唇を重ねた。

その日の夜は、前にも増して激しく、私はベッドの上で組み敷かれて翻弄される。

性欲が強いと、いつか稔さんが言っていたけれど、あれは誇張でもなんでもなく、単なる真実なのだ――そう、私が実感してしまうほど、稔さんの欲には果てがない。

いや、このままだと私、本当に倒れてしまいそう。

「稔さ……ぁむ」

抗議の声を上げようとしたら、彼の唇で口が塞がれた。

くちゅ、くちゅっ。

舌を絡ませると、耳を塞ぎたくなるほどいやらしい水音がする。

何度もキスを重ねて、私の唇は腫れぼったくなり、舌はじんじんと痺れていた。

「ん……っ、ん」

息をつく暇も、もらえない。

酸欠に喘ぎながら何度も口づけを交わし、稔さんの息も、私と同じくらい荒くなっている。

はっ、は。は。

それは氷さえ溶かしてしまうのではないかと思うほど、熱い吐息。

冷徹で、鬼とまで言われるほど厳しい人。会社では冷たい無表情を顔に貼り付けているのに、今の稔さんはとても余裕のない顔で、私を抱きしめた。

カチャンと、彼の眼鏡のふちが私の額に当たる。

「あ……、すまない」

眼鏡を当てたことを謝る稔さん。私は首を横に振って、彼に手を差し伸べた。

「眼鏡、取っても……いいですか？」

「もちろんだ。そんなこと、許可を取る必要もない」

「でも、眼鏡って、目が悪い人には必要不可欠なものじゃないですか。だから、許可なく触れるのはためらいます」

私がそう言うと、稔さんはフ、と目を細めた。そして私に顔を近づける。

「そうだな。確かに『他人』に眼鏡を触られるのは嫌だ」

「……あ……」

「でも『妻』ならかまわない」

――だから君の手で、外してくれ。

私は、稔さんがそう言っているように思えた。

彼の眼鏡のフレームを両手で摘まみ、ゆっくりと外す。

間近で見る眼鏡のない稔さんは、普段よりもずっと幼く見える。私は眼鏡をたたんでベッドのヘッドボードにのせ、彼に笑いかけた。

「眼鏡のない稔さんって、いつもと雰囲気が違って、ドキドキします」

「うーん……ちょっと若く見えるというか……」

思わず正直に答えてしまったら、稔さんがクスクス笑った。

「それは、普段の俺が老けているということだな」

「ち、ちがうよ！　そうじゃなくて、普段はキリッとしたところが格好良くて、格好良いんだけど、今はちょっと可愛く見えて」

「可愛い、か。生まれて初めて言われた」

稔さんがますます笑って、私は言葉が続かなくなる。なにを言っても墓穴を掘ってしまいそうで、なんと言えばいいんだろう……

その時、稔さんは私の耳に口づけた。

「んっ」

「眼鏡を外した顔は、七菜にしか見せたくない。君に、俺を独占してもらいたい」

耳元で甘く囁く声に、くすぐったくなる。

「俺と同じくらい、君にも独占欲を持ってほしい。もっと、俺を束縛してくれ」

その言葉に、私は目を丸くした。今度は私が声を立てて笑ってしまう。

「なにを言っているんですか、もう！」

「本心なんだが」

「どんな風に？」

笑われるとは心外だ、と言わんばかりに稔さんは眉をひそめる。

そういうところ、本当に稔さんは変な人だ。そりゃ、多少は私だって、稔さんに独占されたいなという気持ちは持っている。だけど、そんなことを面と向かっては言えない。

彼はなんでもはっきり口にしてしまうけれど。

つくづく面白い人だと思う。でも、そういうところに、私は惹(ひ)かれたのだ。

「稔さん」

彼の名を呼ぶ。今更ながらに、苗字でなく名前で呼べるのが嬉しくなった。

「あなたを、独占したい。独占されたい」

広く温かい背中に手を回して、ぎゅっと抱きしめる。

「七菜……、俺もだ。君をこの手に捕らえて放したくない。そうやって俺を、抱きしめていてほしい」

裸で触れ合うというのが、こんなに気持ちいいなんて知らなかった。

互いの体温を確かめ合うこと。人肌の気持ちよさ。全部、稔さんで知った。

それがとても嬉しくて、幸せで、私も彼の首筋にキスを落とす。

稔さんは私の胸に触れ、両手で乳房を持ち上げた。たっぷりしたボリュームのある胸は、嫌いで嫌いでたまらなかったけれど、稔さんに触ってもらうのは嫌じゃない。

ふにゅふにゅと、柔(やわ)らかさを楽しむように揉(も)みしだかれ、私はぴくんと体を震わせた。

「はっ、んん……っ」

「君は、ここが本当に弱いな」

ふふ、と稔さんが笑って、頂に口づける。

ちゅっと音がして、同時にツンと頭に響くような快感があって、私の体は弓なりにしなった。

「はっ、ァ……っ」

ちゅく、ちゅ。

気をよくした稔さんが頂に吸い付き、咥えながら、舌先で転がす。

ぬめりを帯びた唾液で散々嬲られて、私のそれはみるみる硬くなり、ツンと尖った。

それを稔さんは指で摘まみ、ヌルヌルと擦り上げる。

「あぁぁあっ！　あ、ふ、ぁっ」

ビクビクと体が震える。気持ちよくてたまらない。目の奥で火花が散る。なんて甘い快感だろう。

びりびりと頭に電気が走るみたい。

「感じているのか？」

静かに訊ねられて、私はコクコクと頷く。

「んっ、ふ、……っ、きもち……い……っ」

きゅう、と指で頂を抓られて、私はぎゅっとシーツを掴んだ。稔さんは舌で頂をくるりと舐めた後、下腹部に向かって舌を辿らせていく。

膝を掴んで立てて、稔さんは私の内腿に唇を這わせた。

「はぁ、あ、んんっ」

「七菜は、ここも敏感なんだな」

そう言って、稔さんは強く内腿に吸い付く。ちゅくっ、と音がして、私の体はびくんと跳ねた。

稔さんは何度も内腿に吸い付いた後、ようやく唇を外す。

私の脚には、赤い痣がいくつもついていた。

「や……そんなところに、痕をつけないで……」

「見えるところにしたほうがよかったか？」

稔さんが、今度は私の首筋に口づける。私は思わず首を横に振った。

「だ、ダメ！　首なんて、絶対ばれちゃいます」

「そうだな。別にばれてもいいが、君が外で恥ずかしがるのは俺の本意ではない」

稔さんは舌で首筋を辿った後、私を見てニッと笑った。

「君の恥ずかしがる顔は、俺だけのものだからな」

「う……」

かあっ、と自分の顔に熱が上がっていく。そんな私の顔を、稔さんは満足そうに見て、唇を重ねた。

「ほら、可愛い。こんなに可愛い七菜は、いっそ閉じ込めてしまいたいくらいだ」

稔さんは不敵に笑って、私の肌に触れた。つつ、と指先で遊ぶように肌の上を辿り、やがて秘所の茂みを探る。

「んんっ……」

ぎゅっと稔さんの手首を掴む。彼はそんな私の手首を片手で掴むと、両手を束ねて頭の上に押さえ込んでしまった。

身動きが取れなくなって戸惑う。稔さんはずっと薄い笑みを浮かべたままで、片手で秘所を開き、人差し指で真ん中の割れ目を柔らかく擦る。

「は、ぁああっ！」

途端に、甘い快感が体中に襲いかかった。

私のそこはすでに愛撫によって濡れていて、稔さんが指を動かすたびに、くちゅくちゅといやらしい音を立てる。

「ああ、なんて顔をするんだ。七菜」

たまらなくなったように、稔さんがかすれ声で呟く。

くちゅ、ぬちゅ。

稔さんは秘所の襞を指先でくすぐり、蜜口から零れる蜜を拭う。そして私の蜜で濡れた指で、最も敏感な秘芯に触れた。

「あぁぁあああっ！」

息を継ぐのが難しい。何度口を開けても、うまく息ができない。

びくびくと震えるだけの私をうっとりと眺めながら、稔さんは目を細める。

「綺麗だ、七菜。もっと快感に喘ぐ君が見たい」

稔さんは、指先で秘芯をくりくりと転がす。

痺れるような官能の嵐が、私の体を嬲り続ける。

「は、はぁ、はっ」

自分でもおかしいと思ってしまうくらい、ビクビクと体が痙攣している。頭の奥が白く光って、手足の末端に力がこもる。

するとその時、稔さんはスッと秘芯から指を離した。

「ダメだ。まだ、イッてはいけない」

「へ……？」

力のない声で問いかけると、稔さんは「はあ」とため息をつく。

「そのゆるみきった顔、すごくいい。可愛すぎて……おかしくなってしまいそうだ」

なにを……言っているんだろう？

私が稔さんを見つめていると、彼はニコリと笑う。

「いや、もう。すでに俺はおかしくなっているんだろう」

ヘッドボードの引き出しから、使い掛けの避妊具の箱を取り出す。そして一枚を取り出して、ぴりりと端を破った。

「一緒に、イキたい」

心も体も繋がって、最後の瞬間まで共にありたい。

準備を終えた稔さんの下腹部を見ると、そこには、反り立つ彼のものがしっかりと見えた。

とても恥ずかしい。けれど、それを見ていると体が火照って、胸が高鳴った。

そう、ドキドキしている。心臓が体から飛び出してしまいそうなほど。

ああ……そうか、私も、そうなんだ。

「どうした？」

あまりに私が彼の性器を凝視してしまったせいだろうか。稔さんが問いかける。

私は一度目を瞑ってから、稔さんを見上げた。

口にするのは恥ずかしい……。でも、私も言わなきゃ。

なんでもはっきり口にする稔さんに、私はたくさん救われたんだもの。私も、彼に自分の気持ちをちゃんと言いたい。

「あのね、恥ずかしいけど……。私、今、すごく興奮してるんだなって、思ったんです」

稔さんが驚いたように目を見開く。

私は、はにかんだ。

「稔さんのその、それを、見たら、ドキドキして……。は、はやく……したいなって……思ったら、体が熱くなって……だから」

うう、やっぱり照れてしまう。稔さんみたいに、恥ずかしいこともはっきり口にするのは、私には難しいみたいだ。

一体なにを口走ってしまったんだろうと俯いた時、稔さんが私の体を強く抱きしめた。

「きゃっ！」

「君は、俺を殺すつもりだな」

「えっ!?」

そ、そんなつもりはないし、そもそも無理だし。

私が目を丸くすると、稔さんが私の唇に口づけた。そして舌を絡ませながら、彼の杭を、私の秘裂に力強く擦りつける。

「究極に可愛い顔をして、そんなことを言われたら……悶え死んでしまう……！」

「あ、んんっ、も、もだえ……し？」

喘ぎながら訊ねるも、稔さんは答えない。

はあっ、と熱い息を吐いて、キスを続ける。そして、今までにないほどの勢いで、彼の杭が私の中に入り込んだ。

「あぁあぁあっ！」

グリグリと膣内を貫かれる。あまりに強い性感に、私の体が跳ねた。しかしそんな私を押さえつけるように、稔さんは体を抱きしめる。

「は、はぁ……あ」

勢いよく杭を挿入された余韻で、私の体がへなへなと力を失う。けれど、息をつく間もなく、稔さんはズルズルッと杭を引き抜いた。

「は、ふ、ぁあ、ああっ」

抜かれる杭の感覚に、下腹部が切なくなる。きゅうっとした痛みを感じた時、稔さんはふたたび杭を最奥に向かって穿つ。

「あぁあっ、あ、みのる……さんっ」

激しい抽挿に、私は喘いだ。思わず体をよじりそうになって、でも私を抱きしめる稔さんは、そんな動きすら許してくれない。

上半身を力強く抱きしめて、稔さんは膣奥に埋めた楔で中を擦り上げた。

「んっ、はぁ、あああっ！」

稔さんは荒く息をつき、下唇を噛んだ。そして何度も腰を引いては押し、私の隘路を削るように何度も抽挿する。

ぐちゅっ、パン、ぐちゅっ。

結合部から鳴る、卑猥な音が暗い寝室に響いた。

なんて生々しく、いやらしいやりとりだろう。

だけどこれが愛し合うということ。愛のない絡みにはない温かさが、そこにあった。

「あっ、あ、ああっ」

稔さんが余裕のない顔をして、なにかに耐えながら私を何度も穿つ。

それが、愛おしい。

振り乱す髪から立ち上る稔さんの匂い。したたる汗。放したくないと言わんばかりに私を抱きしめる力強い腕。

行為に夢中で、言葉はない。だけど私は今、たくさんの気持ちを彼から受け取っている。

「んっ、ぁ、ああ……っ、きもち……い……っ」

びくっ、びく。

私の体が跳ねて、汗ばんだ稔さんを抱きしめる。

トクトクと、いつもより速い彼の鼓動が、私の胸に響いた。

このまま溶けて、ひとつになれたらいい。そう思ってしまうほど、稔さんが愛しい。

「だいすき……っ！」

稔さんだから、この行為が好きになった。

稔さんが優しくて温かくて私を愛してくれるから、私は心を開くことができた。

大好き。他にはなにもいらない。

「七菜……俺も、君を愛している」

細切れに息を吐き、稔さんが呟いた。そして唇を重ねる。

「んっ、んんっ」

濃厚に舌を絡ませ、はっはっ、と犬みたいな吐息を交換し合って。

激しい抽挿は続いた。私の体は、がくがくと揺さぶられる。

稔さんの熱い楔が私の奥を貫くたび、快感に脳の奥が白く爆ぜる。隘路を擦り、引き抜かれると、きゅんとした切なさに覆われる。

そして、好きという気持ちが、ひたすらに増幅されていく。

「あっ、あ、みのる……さぁ……んっ」

「七菜、七菜……っ！」

稔さんの、私を抱きしめる腕の力が、いっそう強くなった。私の最奥が、稔さんでいっぱいになる。

「はっ、は、ぁああ、ぁあああっ!!」

私の体が一際大きく震えた。頭の奥に閃光が走り、思考は白く溶ける。

力みすぎて硬直する私の体を、稔さんはずっと抱きしめていた。そして、彼も歯を食いしばり、その大きな体がビクビクと揺れる。

「……っ、く、あっ」

低くかすれた、稔さんの喘ぎ声。それは甘やかで、不思議な色気があって、ドキドキする。

膜越しに精がほとばしり、私の奥に、熱いものを感じた。

どく、どく。

彼の楔が、いまだ脈打っているのがわかる。私は無性に愛おしくなって、きゅっと下半身に力を込めた。

「くっ……君は。俺を煽る天才だな」

「え？」

思ってもみないことを言われて、私は目を丸くした。

「いきなり、致死級に可愛いことを言い出すから理性を失ってしまったが、ようやく落ち着いた……と思った瞬間に、俺のものを締めてくる。なかなかいい度胸だ」

「え、いや、そ、そういうつもりは……。ちがうの、ただ私、稔さんのが……すごく、好きになっちゃったから、その気持ちを伝えたくて……」

はっ、はっ、と、いまだ落ち着かない息を整えながら言い訳を口にすると、稔さんが「ほほう……」と、至近距離で私を睨んだ。

「そうか、君は、俺のこれが好きになったのか」

ぐちゅっ、ぬちゅ。

達したばかりで、どろどろにとろけていそうな私の中を、稔さんのものがゆっくりと前後する。

「あっ、ああンっ！」

「それなら、リクエストにお応えし、おかわりを用意しなければな」

「え？　い、いや……そこまでは、ちょっと」

快感の余韻が冷めなくて、ふるふると震える手で稔さんの腕を掴む。だけど、彼がズルッと勢いよく楔を引き抜くものだから、私の体は大きく跳ねた。

「ああっ！」

稔さんは手早く避妊具を引き抜くと、新しいものを取り付ける。

彼もまた達したはずだったのだが、それはすでに復活を遂げており、いっそう醜悪に赤黒く、血管が浮き上がって天を向いている。

ひ、ひええ。なんか、臨戦態勢になっていらっしゃる……!?

「ど、ど、どうして！」

「七菜……君は無意識で俺を煽ったのか。なかなか恐ろしい。やはり君はうちに閉じ込めて、俺以外の男には見せたくない」

汗ばんだ体で私の体を抱きしめ、耳を甘く噛む。

「ひ、ぁああっ」

そして、すっかり硬くなった楔の先端で、いまだ熱のこもる私の秘裂を、くりくりと擦った。

「ん、んっ」

「悪いが、今夜は寝かさない。明日は休日だし、問題もないな」

「も、問題、ありありな気が……!?」

なによりもたない。私の体がもたない。もう一度、あんなに気持ちがいいことをされたら、今度こそ壊れてしまう。

私の理性が必死に訴えているのに、稔さんと唇を重ねて、きゅっと胸の尖りを摘まれると、途端に私の体は甘く疼き出した。

わ、私の体、単純すぎない？

「七菜……愛している」

「わ、私も愛しているけど、ちょっと、あの、手加減を……あむっ」

言葉の途中で唇が塞がれた。

ふたたび絡み合う。私は喉が嗄れてしまうほど喘がされ、稔さん本人が暴露した『性欲が強い』という言葉を、身を以て知ることになった。

◆◇◆

ふいに、目が覚めた。

あたりは暗く、静寂に満ちている。

けれど、私は怖がることも、寂しく思うこともない。だって傍には、稔さんがいるから。

人の肌って温かい。暖房にはない、独特の心地よい温もりがある。

私がふたたびウトウトして、眠りの世界に誘われようとした時、カチャリと音がした。

「ん……稔さん？」

「ああ、起こしてしまったか。すまない」

稔さんは少し体を起こして、ヘッドボードに置いていた眼鏡を取るところだった。

「寝ている時も眼鏡……かけるんですか？」

「眼鏡がないと落ち着かない。ドライアイが酷くて、コンタクトレンズは受け付けないから、まさに命綱だ」

真面目に話す稔さんに、私はくすくすと笑う。

「大事なものなのはわかりますよ。そのノンフレームの眼鏡、とても似合っています」

気持ちよい睡魔に囚われながら私が言うと、眼鏡をかけた稔さんが、驚いたように私を見た。

「君のそれは、無意識なんだろうな。いつも俺を喜ばせることばかりを言う」

「ええ？　稔さんのほうが、無意識に私が喜ぶことを言いますよ」

「そうなのか？」

「そうですよ。ほら、全然気づいてないじゃないですか」

くすくす笑うと、稔さんはベッドに潜り込み、私の体を抱きしめた。

「近々、七菜の両親に挨拶しないといけないな」

「……はい。きっと、喜ぶと思います」

私は稔さんの胸の中で目を閉じた。

大学時代に辛い目に遭った私は、すっかり男性恐怖症になってしまって。事情を知った両親は私をずっと心配していた。

稔さんが最初の挨拶に赴いた時、やたらテンションが高かったのは、それが理由だ。

ようやく私が、男性を連れてきたこと。

仕事とはいえ、共同生活をすると決めたこと。

前を向いて、克服しようとし始めた私を見て、両親はどう思っただろう。答えは、稔さんを連れていった時にわかった。

だからきっと、あのふたりは喜んでくれるはず。

そしてきっと、調子に乗るはず。お調子者だから。

「あのね、稔さん。両親はもちろん許してくれると思うけど……特にお父さんの無茶振りは聞かなくていいですからね」

「無茶振り？」

稔さんが首を傾げた。

「あの人のことだから、絶対、夏の雑草抜きと秋からの収穫を手伝ってくれって言いそうなんだもん。本気で面倒くさいから、聞いちゃダメですよ」

子供の頃から幾度となく手伝わされた。お小遣いはもらえたから渋々やったけど、特に雑草との戦いは本気で辛い。なので、稔さんにはやってもらいたくない。

それなのに彼は、楽しそうに笑う。

「それはいいな。俺も、畑仕事を手伝ってみたい」

「ええっ!? ぜ、ぜったい、お勧めしないです。なにより、似合わないですよっ」

私はベッドの中でボソボソと非難した。

つばの広い農業用の麦わら帽子に、汚れてもいい作業服。そして長靴。そんなスタイルの稔さんは……あまり見たくない。

「俺はきっと、七菜と一緒ならなんでも楽しい。まだまだ見たことのない、色々な七菜の顔を見たい」

「それはその……研究、の、ため？」

ちろっと稔さんを見上げると、彼はゆっくりと頷いた。

「七菜の研究は、一生のテーマだ」

「うう、夫に研究される妻なんて、きっと世界で私だけですよ……」

本当に変な人だ。

悪い気はしないのだけど……って、そうだ。稔さんがそうするなら、私だって同じことをし返してもいいよね？

「じゃあ私も、稔さんをいっぱい研究します！　好きな食べ物、好きな飲み物。体のサイズ、買い換えた眼鏡の履歴だって調べちゃうんですからね」

「ああ、それは夢のようだ。是非俺のように、七菜も俺を研究してくれ。ストーカーのように後をつけてもいいし、歩幅が何センチかメジャーで測ってもいい。君が望むのなら、今まで購入した眼鏡も見せてあげよう。すべて保管しているからな」

「保管してるんですか!?　あ、あと、歩幅なんて調べようと思ったこともないんですけど、稔さんは調べていたんですか!?」

私が素っ頓狂（すっとんきょう）な声を上げると、稔さんは当然だと言わんばかりに頷く。

やっぱり変な人だ！

そして、そんな稔さんを好きになってしまったのは、ほかでもない私である。

はあ……。私も大概、変人なのかも。

稔さんはゲンナリする私を抱きしめて、頬を擦り寄せる。

う……。こういうスキンシップは、好き、だけど。

「君との結婚生活が、今から楽しみだ。七菜、愛している」

ちゅ、と額にキスをされた。

そういうところが、ドキドキするんですけど……。やっぱり無意識に甘いのは、稔さんのほうだと思う。

「わ、私も、楽しみですよ」

温かい稔さんの頬を感じながら言うと、稔さんは私の左手に手を這わせ、きゅっと握った。

「この指輪は、君にとても似合っている」

くる、くる、と指先で、薬指を撫でられた。

……恥ずかしい。でも、嬉しくておかしくなってしまいそう。

「はい。だって、稔さんが選んだ指輪、ですから」

稔さんを見つめると、彼は眼鏡の奥にある瞳をゆるませ、唇を重ねた。

それは甘い、甘い——私の大好きなロイヤルミルクティーみたいに、まろやかで甘いキス。

エピローグ　秋の実りと恋の実りに満たされて

十一月中旬。そろそろ季節は本格的な秋に向かって、肌寒くなる頃。

大根の収穫期が始まった。

「こうやってな、葉をまとめて掴んだ後、垂直に抜くのがコツなんだ。力尽くで抜こうとすると折れるから気をつけてな」

「はい」

ワサワサと茂る大根の葉に囲まれて、お父さんが稔さんに収穫のやり方を教えている。

私は彼の隣に立って、お手本を見せるように大根を引き抜いた。

「ほらっ、垂直に引っこ抜くと、力を入れなくても採れるんだよ」

「なるほど……。こうかな」

軍手を嵌めた手で大根の葉をまとめあげた稔さんは、グッと持ち上げる。すると真っ白でスラリと伸びた大根が、土と共に引きずり出された。

「なるほど。最初の踏み込みは重いが、引き抜くのに力はいらない。綺麗に抜けると、なかなか気持ちがいいものだな」

「でしょ～。抜いた大根はこっちのコンテナに入れてね」

私が黄色いカゴを指さすと、稔さんは頷いて、大根をコンテナに入れた。

「しかしこれをすべて手作業でするとは、大変だな」

稔さんがしみじみと言う。広々とした畑いっぱいに大根の葉は茂っている。もちろんこの畑だけでなく、隣の畑も、そのまた隣の畑も、延々とうちの大根畑だ。

「ハッハッハ、大変なんだよな～これが」

「中腰の作業が多いので、腰にきそうですね」

「うむ。腰痛なんざ職業病みたいなもんさ。親父も、ジイさんも、そのまたジイさんも、みーんな腰痛持ちだったよ」

お父さんは上機嫌に笑って腰を叩いてみせる。

「だからなあ、手伝いにきてくれたのは本当にありがたいよ。うちの娘はひとりっ子だし、人を雇うのも限界があるからなあ」

「お父さん。稔さんのお手伝いはあくまでご厚意なんだから。ただ働きさせるなんてダメだよ」

私はしっかりと釘を刺した。大根の収穫作業は重労働なのだから、稔さんのボランティア精神に甘えるわけにはいかない。

だけど、稔さんは私を見てゆっくりと瞳をゆるませる。

秋の爽やかな太陽に反射して、彼のノンフレームの眼鏡がきらりと光った。

「いや、繁忙期が大変なのは、どの業種でも同じだ。助け合いは大切だし、そんな他人のような気遣いはしないでほしい」

そう言って、稔さんは軍手を嵌めた手で私の手を握る。

「俺はこれから、君と家族になるのだからね」

穏やかながらも、強い決意を込めた瞳で私を見つめる。

私は照れてしまって、思わず横を向いた。

「わ、私……大根、積んでいくね！」

慌ててコンテナを掴み、近くに停めたトラックに積み込んだ。

――そう。たまたま時期が大根の収穫期と重なったので、こんな風に手伝ってもらうことになってしまったのだが、今日稔さんが私の実家に来た理由は他にある。

それは、私達が結婚するという報告だ。

両親は元から私と稔さんの仲を（熱烈に）応援していたし、もちろん結婚の話は手放しで喜んでくれた。結果、瞬く間に報告会は終わってしまって、あとは、お父さんの作業途中だった大根収穫を手伝うことになったのだ。

「ところで収穫は、このあたりの畑すべてになるのですか？」

「いいや。向こう側は収穫時期をずらしている。あっちの畑の大根は、品種から違うしな。いっぺんに採るのは大変だから、色々分けて作っているんだよ」

　私がトラックに大根を積んでいるうしろで、お父さんと稔さんが話している。

　その場にあったコンテナをすべて積み終わった私は、お父さんに声をかけた。

「軽トラの荷台がいっぱいになってきたから、一旦家に持っていくよ～」

「おう、よろしくな」

「……お父さん。稔さんとふたりきりになっても、変な話しないでね？」

　ジッとお父さんを睨むと、ハッハッハと笑われた。

「変な話ってなんだよ。幼稚園の頃の七菜が、大根一本まるまる食っちまった話とかか？」

「ちょっ、なにそれ⁉　張本人の私ですら初耳なんですけど！」

「母さんが大根洗ってる横で大人しくしてやがるなあと思ったら、黙々と大根を食べてたんだよ。皮ごとな」

　お父さんが思い出し笑いをしているが、私の顔はカーッと熱くなってしまった。

　そ、そんな恥ずかしい過去があったなんて……っ！　しかも稔さんの前で暴露されてしまうとは！

　チラ、と稔さんを見ると、彼は驚いたように目を丸くしていたが、私と目が合った瞬間、普段の鬼侍な稔さんからは想像もつかないほど、優しい笑みを浮かべる。

「幼稚園の頃の七菜は、それは愛らしい子供だったんだろうな。叶うなら、見てみたい」

「おー、それなら後でアルバム開くか！　写真なんか、赤ん坊の頃のからわんさかあるぞ」

　お父さんの何気ない言葉に、稔さんの目がギラリと底光りした。

「それは願ってもない提案ですね。よろしくお願いします。そうと決まれば、作業は可及的すみやかに行うことにしましょう」

　ギュッと稔さんは自分の軍手を引っ張った。そして新たな大根を手際よく引っこ抜いていく。すぽん、すぽん。大根はあっという間にコンテナいっぱいになってしまった。

「おお、最初から飛ばしていると、後で泣きを見るぞ～」

「これくらいならまったく問題ありません。むしろいい運動です」

　覚えの早い稔さんはすぐさま収穫のコツを掴んでしまい、私よりもずっと早くポンポンと大根を抜いてしまう。

　やばい、稔さんの変なスイッチを押してしまったようだ。こうなると稔さんは止まらない。私は慌ててトラックに乗り込み、家に向かった。畑にあるコンテナがいっぱいになるまでに、収穫した大根を処理して、また空カゴを持っていかないと。

「あら～、七菜。さすがに男手がひとり増えると、戻ってくるのが早いわね」

　実家の横にある作業場では、お母さんが洗った大根を処理していた。

「稔さん、収穫の腕がいいんだもの。びっくりしたよ。仕事の呑み込み良すぎ」

「あらあら。じゃあ、なにかあって会社が潰れても問題ないわね。大根農家になれるもの」

「縁起の悪いことを言うな!!」

思わずお母さんにツッコミを入れながら、私は大根を大根洗い機に入れていった。ロールにのって流れる大根が、回転ブラシと流水で綺麗に洗われていく。

「フフ……。いい人よね、稔さん。大企業の御曹司なのに、こんな大根収穫の手伝いまでしてくださるなんて。お父さん、すごく喜んでいたわよ」

「そうだね。稔さんはとてもいい人だと思う」

全面的に同意な私は、こくんと頷いた。洗い終えた大根を新しいコンテナに移し替えて、お母さんのところに持っていく。

「私は、いっぱい稔さんに助けてもらったからね」

しみじみと呟いた。そう、私は感謝しきれないほど、稔さんに救われた。彼には『礼を言われるようなことではない』と言われてしまうけれど、そんなことはないと思う。

一生をかけて、恩を返していきたい。

過去に苦しんでいた私にかけてくれた言葉を、力強く抱きしめてくれた腕を、優しい眼差しを、私は忘れることはないだろう。

「あなたが初めて稔さんをここに連れてきた時は、驚いたけれど……でも、とても嬉しかったわ。そして確信したの。この方ならきっと大丈夫だって、ね」

大根の葉をカットしてテープを巻きながら、お母さんが独り言のように言葉を紡ぐ。

「よかったわね、七菜」

そして、こちらを向いてニッコリと嬉しそうに笑った。

「うん」

私は頷く。お母さんのその表情を見るだけで、両親がどれだけ私を心配していたのか、手に取るようにわかった。

大学時代に傷つき、すっかり男性が怖くなってしまった私は、一時期は本当に酷い状況に陥って(おちい)いた。過剰なほどに『他人の男性』から距離を取り、話しかけられてもろくに言葉が返せず、逃げてばかりいた。

就職したのをきっかけに自分を変えなきゃ社会で生きていけないと思い、勇気を振り絞ったものの、やはり会社の男性は怖くて、しばらくは話しかけられてもぎこちなかったと思う。そんな私がここまで変わることができたのは、ひたすらに、開発部の人達が優しかったこと。そして稔さんの存在があったからだ。

「私は、恵まれているね」

大根のコンテナを並べながら言うと、お母さんは優しく私を見つめた。

「七菜が諦めなかったからこそ、良縁に恵まれたのよ。縁は待っているだけじゃ、やってこないわ。あなたが、自分の力でたぐり寄せたのよ」

「お母さん……」

　私の苦悩が、辛かった過去が、その言葉ひとつで報われた気がした。

「まあ～まさか、あんな上玉を掴んでくるとは思わなかったけどね！」

「お母さん？！」

　せっかくいい感じに胸がジィンとしていたのに、一気に台無しである。

　感動の気持ちから一気に落とされた私は、ジトッと睨んでしまう。

「まったくもう、どうやってあんなイイ男落としたのよ。決め台詞はなんだったのかしら。教えなさいよ～」

「わひゃ！　大根で脇腹をつつかないで！　もう、決め台詞なんてないし！」

　すぐ調子にのって私をからかうのが、両親の悪いところだ。そんなふたりに助けられた時もあったけど、やっぱりからかわれると恥ずかしい。

「イイ男を捕まえるのは、私の血かしらね～」

「ええ～？　お父さん、イイ男なの？」

「お母さんにとっては、とびきりのイイ男なのよ。ダイエットはしてほしいけどね」

　あははっ、とお母さんが明るく笑う。

　私も、呆れつつ「それは確かに言えるかも」と、笑ってしまった。

　大根を洗い終えて、空になったコンテナとお茶セットをトラックに乗せて畑に戻る。

　すると、すでに畑の半分以上の作業が終わっていて、畑に置いていたコンテナには採れたての大根が山になっていた。

うわあ、本当に作業が早い。畑仕事なんて重労働で、手慣れたヘルパーさんでもへばってしまうほどなのに、稔さん、意外と体力あるんだな。

普段はデスクワークしかしないのに力持ちだなんて、すごい。さすが完璧超人の稔さんである。

しかし根を詰めて作業をしたら後で疲労がくるものだし、そろそろお茶の休憩を入れてもいいだろう。

ふたりは小声で会話しているようだ。なにをコソコソ話しているのだろう？

不思議に思った私がふたりに近づくと、クルリと稔さんが振り向いた。

「七菜、戻ってきたのか」

「あ、うん。えっと……そろそろお茶休憩しませんか？　ずっと働き詰めだったでしょう？」

「そうだな。お父さん、かまいませんか？」

「ああ、もちろんいいぞ。俺はその、あっちの畑でも見てこようかな」

どうやら稔さんとお父さんは、それなりに親睦を深めていたようだ。いつの間にか稔さんが『お父さん』と呼んでいるし、お父さんも、その呼び方を受け入れている。

「あれ、お父さんお茶飲まないの？」

「ああ。俺は自分のお茶を持参しているからな」

作業着のポケットからペットボトルのお茶を取り出して、ニカッと笑うお父さん。

……あれ？

「お父さん、目が赤いよ。どうしたの？」

まるでさっきまで泣いていたみたいに、お父さんの目元が腫れていた。すると、お父さんは慌てた様子で私から目をそらし、ゴシゴシと乱暴に手の甲で目を擦る。

「今年はなあ、ちょっと花粉症なんだよ」

「え、そうなの？　初耳。それにしてもお父さん、稔さんとふたりでなにを話していたの？」

私が訊ねると、お父さんは目を擦るのをやめて、私に背を向けた。

唐突に黙り込むお父さんに、私は首を傾げる。

「じ、実は……」

「実は？」

「つ、ついつい話が弾んで、七菜の昔話をしてしまったんだ。小さいお前が畑を駆け回っていたら、思いっきり田んぼにダイブしてしまった話とか、かくれんぼでトラックの荷台に隠れたことに気づかなかった俺がトラックを倉庫に入れちまって、夜に大泣きした話とか」

ハッハッハ、と、大して悪くも思っていなそうに笑うお父さんに、思わず私は怒鳴ってしまった。

「なんで娘の恥を嬉々として稔さんに話すかなあ!!」

「いやーすまんすまん。じゃっ、俺は向こうの大根見てくる！」

パッと手を振り、お父さんは駆け足で向こうの畑に走っていった。

……逃げたな……。後でとっちめる！

私が腕まくりをしてお父さんの背中を睨んでいると、うしろでくすりと小さく笑う声が聞こえた。

「いいお父様だな」

「え、どこがですか？」

「娘思いの優しい方だ。君はとても素敵な両親に育てられたんだな」

そ、そんな風に言われると困る。確かに、悪い両親ではないけれど、すぐに調子に乗るし、言葉が明け透けだし、遠慮もしないし、困った部分もあるんだけど。

内心複雑になっていると、稔さんはそんな私を見て、穏やかに目を細めた。

「お茶を飲むにしても、どこで休めばいいのかな？」

「あ、トラックの横にしましょう。レジャーシートを敷くから待っていてくださいね」

気を取り直した私は、お茶セットの入ったカゴを荷台から取り出し、レジャーシートを敷いた。そしてやかんとお茶菓子を置く。

「これ、おばあちゃんの手作りおはぎなんですよ。すごく美味しいんで、食べてください」

「へえ、それは美味しそうだ」

お皿にのせられたおはぎをひとつ小皿に移し、私は稔さんに渡した。受け取った彼は箸を使って、おはぎを食べ始める。

「ああ、疲れた体に糖分が染み渡るようだ。これは美味しいな」

「でしょう？　私も、おばあちゃんのおはぎが大好きなんです」

やかんからふたり分の番茶を入れて、私もおはぎを食べる。甘い餡子と、ちょっぴり塩味のついた餅米が口の中で合わさると、すっきりした甘さに変わってとても美味しい。

「お父様に、君を頼むと言われたよ」

先におはぎを食べ終えた稔さんが、温かい番茶を飲みながらぽつりと呟く。

「え……？」

「自分では娘を幸せにしてやることができないから、俺に頼むと、言ってきたんだ」

私は目を丸くする。

思い出すのは、赤く目を充血させていたお父さんの顔。花粉症なんて言っていたけれど……もしかして。

「まったく、お父さんたら。私の恥ずかしい過去を暴露したなんて、嘘ついたんですね」

「いや、それも本当だ。最初は君の幼少時代の話を楽しくしてくれたからな」

「ちょっ……！　せっかく私が、ちょっと感激したというのに、やっぱりこれだ！」

おはぎを食べながら、やっぱり怒ってしまう。そういう恥ずかしい過去は、稔さんには内緒にしておきたかったのに！

稔さんは優しく笑って、そっと私の頭を抱き寄せた。

ふわっと彼の上品なフレグランスが香って、私の顔はみるみる熱を上げてしまう。

「これでまたひとつ、君を知ることができた」

「私の研究……ライフワークなんでしたっけ」

「そう。今日聞いた話は、後でテキストにまとめておかなければ」

「私としては、即刻その記憶を消したくてたまらないのですが……っ」

私の幼少時代の恥ずかしい話をテキストで残されるとか、どんな罰ゲームなのか。私がゲンナリしてしまうと、稔さんがそっと私の額に唇を寄せる。

「どうしてだ。俺はもっと知りたい。七菜のことを、たくさん知りたい。君の探究は一生続けるだろう」

低く囁かれて、私はどぎまぎしてしまう。秋だというのに夏に逆戻りしてしまったみたいに、暑くて仕方ない。

「だから、俺に教えてほしい。七菜の可愛い顔も、くるくる変わる豊かな表情も、その優しい思考も、楽しい君の思い出も。全部――」

指先でそっと頬を撫でられ、びくっと体を震わせてしまった。

「全部、俺だけで独占したいんだ」

「み、稔……さん」

私の顔はきっと、真っ赤になっているだろう。

どうしてこの人は、そういう言葉をさらっと言えてしまうのか。

恥ずかしくて、たまらなくなる。もしかしてワザと私を照れさせるために言っているのだろうかと思うけれど、違うんだ。

稔さんはいつだって正直で、なんでもはっきり口に出してしまう人だから。

言葉を隠せない。素直に気持ちを口にしてしまうのだろう。

それはそれで、すごく恥ずかしいけれど……、嬉しいという気持ちは確かにある。

でも、ほんのちょっと悔しい。だって、いつも私ばかりドキドキさせられているんだもの。

私だってたまには反撃したい。いつもスマートな態度の稔さんを照れさせてみたい。

私は自分の羞恥を呑み込み、番茶を持つ手に力を込めた。

「じゃ、じゃあ、私にも、稔さんのこと……たくさん教えてください。私も、稔さんの研究をしますからね。もっと稔さんを知りたいし、独占したいです！」

彼と同じことを言ってみた。私が恥ずかしいんだから、きっと稔さんも恥ずかしがるだろうと思ったのだ。

しかし稔さんは少し驚いたように目を丸くした後、なんとも幸せそうに目を細める。

「……ああ。望むところだ」

「えっ、の、望むんですか？」

「もちろんだ。君に、俺をたくさん知ってもらいたいからね」

抱き寄せたまま、私の唇に口づけた。私はビックリして体を震わせる。

そ、外で。しかも父親がすぐ傍にいるところで、いきなりなにをするのか!?

私が抗議しようとしたら、ギュッと抱きしめられてしまう。

「もっと教えたい。知ってもらいたい。そうやってお互いを理解していけたなら、きっと俺達は幸せになれるはずだ」

トクトクと聞こえる稔さんの心の音。私の目は完全に回ってしまって、いっぱいいっぱいだ。

彼を恥ずかしがらせようと勇気を出して言ってみたのに、私がこんな風になってしまっては、意味がないではないか。

「――七菜、どうか俺を、独占してくれ」

耳元で甘く囁かれたのをトドメに、耐えられなくなった私はぐったりと力を失ってしまった。

書き下ろし番外編

夜空のパレードで交わす、幸せのキス

今度の連休、旅行に行かないかと稔さんに誘われて、ふたつ返事で頷いた私だけど、まさかその行き先が『遊園地』とは思わなかった。

「もうすぐ、七菜の誕生日だろう。君の長年の夢を叶えてみたいと思ってね」

にっこりと微笑んだ稔さんは、私に計画を教えてくれる。

遊園地といっても、行くところは国内最大といわれる超有名な大型テーマパークだ。施設内にとても豪華なホテルがあって、あそこに泊まって一日中テーマパークで遊び倒すのが庶民の憧れ……というか、単に私が憧れていたわけだけど、その夢を稔さんが叶えてくれるのだという。

というか、私、その夢は一言も稔さんに言ってないはずなんだけど？

「君は七歳の頃、初めて家族と行ったテーマパークにいたく感激し、学校での作文『しょうらいのゆめ』で、『大人になったらすごい大根農家になって、あのテーマパークの中にあるホテルに泊まって朝から晩まで遊びたい』と発表し、その夢は四年間同じだった……というデータがある」

　どこからか例のノートを取り出した稔さんが、きらりと眼鏡を光らせて、なにか言い出した。

「ま、待ってください！　その情報、どこで得たんですかっ」

　慌てて尋ねると、稔さんは事も無げに答える。

「君のお父様とお母様だ」

「お父さん……お母さん……！」

　私は怒りをみなぎらせて拳をぐっと握りしめる。今度実家に帰ったら、絶対抗議する！

　稔さんの趣味は、私に関する情報を集めることなんだけど、最近は彼のノートの冊数が日に日に増えているのだ。

　というのも、うちのお父さんとお母さんが、なんでもかんでも稔さんに教えてしまうから。

　稔さんは上機嫌な様子で、スマートフォンを取り出した。

「最近は、俺が何かを尋ねなくても、お父様のほうから色々教えてくださるんだ。メッセージアプリで」

「稔さんとお父さん、いつの間に、メッセージアプリが繋がってたの!?」

もう本当に、娘を差し置いて勝手にやりとりするのはやめてほしい！

いや別に知られて困ることはないけれど、単純に恥ずかしいし……。

「それで、どうだろう？　他に希望があれば、そちらにするが」

今や、私のことをほとんど把握している稔さん。ちょっと面白くないというか、無意味に反抗したくなってしまう。

でも、反抗したらしたで、稔さんはしょんぼりした顔をしそうなんだよね。

う～！　私って本当に、稔さんに甘い！

かくして私達は、連休を利用して大型テーマパークを満喫することになったのだ。


旅行当日。開園十分前。

先にホテルで荷物を預かってもらって、開場ゲートで待機する。

「は～久しぶりだな～！　ここに来たのは、高校生の卒業旅行以来かも」

わくわくして開園の時を待つ私の隣には、親の敵（かたき）に向けるような顔をしてテーマパークのパンフレットを読み込んでいる稔さん。

「実は、俺は初めてなんだ」

「そうなんですか、意外なような、そうでもないような？」

「今までの人生で、こういうところに来る機会が皆無だったからな。この国内最大級テーマパークについて調べてみたら、事前の予習が必須だと書いてあったので、俺は一週間前から夜な夜な知識をたたき込んでいた」

「な、なんでそんな、テーマパークに命を懸けてるんですか。夜は寝てください！」

そういえばここ最近の稔さんは、深夜に寝室から書斎にこっそり移動してしばらく篭っていた。仕事のための勉強をしているのかな、あまり根を詰めないでほしいなと密かに心配していた私はなんだったのだろう。

「俺が調べたところによると、まずは、アトラクションとランチの予約をしなければならないそうだが、まずはどちらを優先するべきだろうか。ディナーは事前予約してあるから問題ないが、ショーを鑑賞できるランチというのは競争率が高く、秒刻みで的確な判断力が求められるらしい。テーマパークとは、なかなかの難関だったのだと痛感している」

「み、稔さん、いったい何と戦おうとしているのですか……」

腕組みをして死にそうな顔をしている稔さんの袖を、ぐいぐい引っ張る。

「もう。最初からそんなに苦悩してたら、すぐに疲れちゃいますよ。ここは夢の国なんだから、めいっぱい楽しむことを考えないと！」

そう言って、私は稔さんににっこりと笑顔を向けた。

「そんなに気負わなくて大丈夫ですよ。それに、私はたくさんのアトラクションに乗ったり、色々なショーを見て回るよりも、稔さんとこうやって遊びに来ること自体が嬉しくて仕方ないんです」

「七菜……」

稔さんは私の両手を掴み、うっとりした顔をする。

「君はどうしてそんなにも心優しいんだ。今朝だって、俺のためにコーヒーを淹れてくれたし」

「あれは、私が飲みたかったから、ついでに稔さんの分も淹れようと思っただけで」

「朝食の目玉焼きは、俺にだけハムをつけてくれたし」

「違うんです。あのハムは、冷蔵庫に一枚しか残ってなかったから」

私が色々と釈明するが、稔さんは感極まったように私を抱きしめた。

「ああ、俺は幸せ者だ……っ！」

「みみみみ稔さん、ちょっとここでは、さすがに恥ずかしいです！」

開園五分前のゲート前は老若男女のお客さんが勢揃いしているわけで。もちろん私達の周りにもたくさん人がいるわけで。

さすがに恥ずかしい！　私は慌てて稔さんをひっぺがす。

そうこうしているうちに、ようやく開園の時間になった。私達もゲートをくぐって園内に入場する。

「すごいな。まるで別世界だ」

建物から街灯に至るまで、すべてが『夢の国』というテーマに合わせてある遊園地。その徹底した世界観に、稔さんが目をきらきらさせる。

こういうふうに、素直に感動したり喜んだりできるところ、すごく好きだなあ。

「さっ、稔さん。今日は日常を忘れて、思いっきりエンジョイしますよ！」

私は肩掛けカバンからサッと猫耳へアバンドを取り出し、頭に取り付ける。

すると稔さんがショックを受けたような顔をして後ずさった。

「な、な、七菜、そ、その頭のそれは、どうして」

「あ。これは、ここのマスコットキャラクターの耳を模したへアバンドなんです。ほら、周りにも同じようなのをつけてる人、いっぱいいるでしょう？」

稔さんは辺りを見回した。若い女子から、子供連れのお母さんまで、色々な頭飾りをつけている。私のような猫耳もいれば、犬耳、兎耳、魔法使いの帽子っぽいデザインや、大きなシルクハットまで、バリエーションも豊かだ。ちなみに女性だけではなく、男性だって頭に色々飾っている。

「さすがにこの年では恥ずかしいですけど、ここはなんたって夢の国ですから！　テンションを上げるためにつけるんですよ。似合ってますか？」

私がくるっと一回転すると、稔さんは突然真面目な顔をして、ポケットからスマートフォンを取り出した。

――カシャカシャカシャカシャカシャカシャ。

無言で連写しはじめた!?

「七菜が猫の耳のヘアバンドをつけるだけで、普段の可愛さからいっそうのレベルアップを果たし、殺人級になるなんて。これは一枚はラミネート加工し、一枚は額縁に入れて書斎用、仕事で疲れた時の癒やし用として手帳サイズに一枚、それからスマホの待ち受けに……」

「み、稔さん、落ち着いて!」

ヘアバンドをつけただけで稔さんがおかしくなってしまった!

私は慌てて稔さんをなだめて、なおもブツブツ呟きながら写真を撮ろうとする彼の腕を引き、歩いて行く。

「もう、落ち着いてくださいよ。最初に人気アトラクションの予約を取りにいきましょう。私はやっぱり、ジェットコースターですね」

スリル満点でありながら、色々な趣向が凝らしてあって楽しめるジェットコースターがこの遊園地の目玉アトラクションなのだ。

「ランチはどうする?」

「う～ん、本格的に混む前に色々なアトラクションに乗っておきたいですから、お昼は適当な軽食にしませんか？　夜は素敵なディナーですし、私はそれを楽しみにしたいです」

そう提案すると、稔さんがホッとしたような笑顔を見せる。

「そうか。なんだか七菜の言葉を聞いていたら、そんなに肩肘張らなくてもいいような気になってきたな」

「そうでしょう？　食べ歩きも楽しいですよ！　というわけで、はい、稔さんもどうぞ」

事前に公式ストアで買っておいたヘアバンドを渡す。こっちは黒い毛の犬耳つきだ。

「お、俺もつけるのか？」

「そうですよ。おじさんやおじいちゃんもつけるんだから、稔さんもつけるんです！」

そう言って、私は思いっきり背伸びをした。なかば強引にヘアバンドをつけると、稔さんの眼鏡がちょっとだけずれてしまう。

稔さんはそれを片手で直しながら、照れくさそうにヘアバンドに手を当てた。

「さ、さすがに、俺は似合わないと思うんだが」

「そんなことないです。めちゃめちゃ可愛いですよ、稔さん！」

普段の堅苦しい稔さんからは想像できないほど、犬耳をつけた稔さんは愛嬌があって、可愛い。これは、私を連写した稔さんの気持ちもわかるかも！

私がスマートフォンで写真を撮ろうかとした時、近くをスタッフさんが通りかかった。

「あ、すみません！　写真撮って頂けますかっ」

お願いすると、スタッフさんは笑顔で引き受けてくれた。

「はい。撮りますよ～。もっともっとほっぺくっつけて！　ハッピー・スマイル！」

スタッフさんの合図で、私達はぎゅっと頬を寄せると、ピースサインをして笑顔でポーズを取る。

「ありがとうございました！」

お礼を言ってから、スマートフォンの写真を確かめる。

「わあ、ほら、可愛い。似合ってるでしょう？」

「う、う～ん、やっぱり俺は似合ってないんじゃないかと思うが……」

そう言いつつも、稔さんは私のスマートフォンを片手に写真をジッと見つめる。

「これは、大切な宝物にしたいと思える。七菜とまた素敵な思い出が作れた。幸せでたまらない気分になるよ」

「えへへ、よかった。じゃあ写真を送りますね」

メッセージアプリの送信で写真を送ると、稔さんは嬉しそうな顔をして受け取り、その写真を愛おしそうに見つめたあと、ポケットにしまった。

それから、人気アトラクションの予約チケットを取りながら、並んで乗れそうなアトラクションを探す。

「色々ありすぎて、目が回りそうだな」

「そうですね。大きく分けると、乗り物系か、シアター系ですかね。シアターは、体験型って感じで、映像を見ながら匂いを嗅いだり、水しぶきを浴びたりして、本当にその世界に入ったような気分になるんですよ」

「へえ。それはちょっと試してみたいな」

「じゃあ、シアター系でオススメのアトラクションに向かいましょう！」

私は稔さんの手を繋いで、ずんずん歩いて行く。

すると、うしろでクスッと笑う声が聞こえた。

「今日はなんだか、七菜がとても頼もしいな。威勢がよくて、積極的で、俺に色々なことを教えてくれる。こうやってリードしてくれる」

「あっ、もしかして……嫌でした？」

もっと稔さんのペースに合わせなきゃいけなかった。ずっと行きたかったテーマパークだったから、ついついはしゃいじゃった。

私が慌てて歩くテンポを落とすと、稔さんは「いや」と首を横に振って、両手で私の手を握りしめる。

「とても楽しい。だから、俺をいっぱい連れ回してくれ」

「つ、連れ回すつもりはないですけど……って、あーっ！」

　私はあるものを見つけて指をさしてしまった。稔さんがびっくりしたように私を見る。

「レアフレーバーのマシュマロ屋台です。このテーマパークは、基本的に、プレーン、チョコ、イチゴ、ミント味のマシュマロ屋台があるんですけど、時々、レアフレーバーのマシュマロ屋台が現れるんです！」

「ほう……ちなみに、どんな味なんだ？」

「その名も……ソルティキャラメル味！」

　名前からして絶対美味しいやつだ。ちなみに、このレアフレーバーマシュマロ屋台を見つけた日は、恋人や家族ともっと仲良くなれるという噂があるらしい。

　私達は並んで、レアフレーバーのマシュマロを購入する。

「可愛い形だな。マシュマロといえば、円柱形だと思っていたよ」

　カップの中には、ソルティキャラメルソースのかかったマシュマロがたっぷり入っている。プラスチックのフォークで刺すと、それは猫の頭の形をしていた。

「ここのマスコットキャラクターの形ですね」

「それに、ダイヤ型に、ハート型……星型もある。見るだけでも楽しいな」

「むっ、マシュマロの中にクリームが入っているな」

　稔さんがまじまじとマシュマロを見てから、ぱくっと食べた。

「そうなんですよ。クリームチーズっぽいクリームが入っていて、これがとってもやみつきになる味なんです。懐かしいな～」

私はこのマシュマロシリーズが大好物なのだ。

アトラクションの待ち時間は、大抵これを食べている。

「さっき七菜が言っていた食べ歩きの楽しさがわかった気がするよ」

「ふふっ、他にもいっぱいありますからね。アイスに、チキンレッグ。ホットドック、クレープ。食べ歩きしてるうちにお腹いっぱいになるから、それがお昼ご飯のかわりになっちゃうんです」

私が特別食いしん坊……とは、思いたくない！

だって食べたくなるよね。レストランでゆっくりランチもいいけど、私はもっとたくさんアトラクションを楽しみたいし、パレードも見たいのだ。

「なんだか街のお祭りよりもお祭り気分になれたようだ。ところで、シアター系のアトラクションはこっちかな？」

「あっ、はい。あの建物ですよ～！」

私は片手にマシュマロ、片手に稔さんの手を握って、目当てのアトラクションに向かった。

くたくたになるまで遊び倒して、その日はあっという間に日が沈んでいく。

「ディナーショー、すごくよかったですね～」

「あんなにワクワクするショーは初めて見たよ。ダイナミックで、臨場感が半端ない。マスコットキャラクターが踊っていたが、アクロバットまでするとは思わなかった」

「あれは私もびっくりしました！　ディナーショーは大人気なので、予約を取るのも大変なんですよ。だから、今回見られてとても嬉しいです」

ゆったりと食事を堪能した後は、お待ちかねのパレードだ。

レストランを出ると、すっかりあたりは暗くなっていた。

「パレードがよく見える場所を探しましょう」

いい場所は大体取られていたけれど、小高い丘のような場所がちょうどいい感じに空いていた。

「ここはどうですか？　ちょっとパレードからは遠いけど、斜め上からパレードが眺められますよ」

「うん、いいところだと思う」

私達は芝生の上に座って、あらかじめ買っておいた温かいロイヤルミルクティーをずっと飲んだ。

「今日はいっぱい遊びましたね～」

「ああ、この年になって、こんなにも夢中になって遊べるとは思わなかった」

すっかり犬耳のヘアバンドにも慣れてくれた稔さんは、にっこりと私に微笑みかける。

「ガンシューティングのアトラクションでは、稔さんがムキになっておかしかった～！」

「どうも俺は、負けず嫌いな性格をしているらしい。自分でも知らなかったよ」

「でも、スコアはすごく良かったですよ。さすがです」

私はカバンから何枚かの写真を取りだして、眺めた。アトラクションによっては、遊んでいるところの写真を撮ってもらって、ロビーで購入できるところもあるのだ。

写真としては割高だけど、いい思い出にもなるし、写真入れも可愛いものが多いから、今回は何枚か買ってみた。

オモチャの銃を手に、すごく真面目な顔で奮闘している稔さん。

くるくる回るティーカップの中で、ちょっとびっくりしている稔さん。

フリーフォールのアトラクションで、すごく厳めしい顔をしてスピード落下に耐えている稔さん。

どれも面白くて可愛くて、楽しそう。

横から写真を眺めていた稔さんが、穏やかな顔をしてロイヤルミルクティーを飲む。

「……正直なことを言うと、こんなふうに一日中遊んだのは、今日が生まれて初めてなんだ」

「えっ、そうなんですか？」

「ああ」

園内にナレーションが響き渡って、夜のパレードが始まる。

明るくて華やかな音楽と共に、色とりどりにライトアップされたパレードが見えてきた。

「物心ついたころから、勉学や習い事に時間を費やし、土曜日や日曜日、祝日も関係なかった。家族で旅行に行ったことはあるが、それも支社や工場の視察を兼ねていたし」

「そうなんですね」

稔さんの幼少の頃の話は初めて聞くけれど、私の小さい頃とはまったく世界が違っていたんだろう。真面目な稔さんのことだから、その日々を不満に思うこともなければ、普通に遊んでいる友達を羨むこともなかったんだろうというのは、想像に難くない。

「時々、夢想した。何もかも忘れて、一日中遊んでいる自分を」

賑わいが、近づいてくる。

煌びやかなパレードは、夜の景色にとても映えて、綺麗だった。

本当に、ここは夢の国。

稔さんが夢みた世界が、ここにあった。

「遊びでこんなに疲れてへとへとになるなんて、本当に初めてだが、今日はとても楽しかった。充実した一日というのかな。それは仕事での充実感とは全然違っていて、すごく……気持ちが軽やかで、体は疲れているのに心がはしゃいでるようで」

「稔さん、私も同じですよ」

　そっと彼の手に触れる。顔を上げた稔さんの眼鏡に、パレードの照明が反射して白くなった。

「私も今日は、思いっきり遊べて楽しかったです。こんなの、社会人になってからは初めてですよ。だから……」

　今日ですべてが終わるわけじゃない。たまには、大人も子供みたいになって遊んでもいいと思う。稔さんは責任感が強くて真面目な性格だから、なかなか、心から『遊ぶ』ということができなかったのかもしれないけれど。

「また行きましょう。ここじゃなくてもいいんです。色々なところに遊びに行きましょう。私、どこへだってお供しますから」

　たまにはめを外して遊ぶのも、心の休養には必要だ。

　大人であることを忘れて。立場のある人間であることも忘れて。

　あたながそんなふうに楽しんでくれるなら、私はいつだってついていく。

　パレードが、ちょうど目の前を通っていった。

　光の洪水のような、煌(きら)びやかなパレード。踊るマスコットキャラクターたち。

　気持ちが明るくなる音楽。

夢の終わりを感じさせる花火が、夜空を彩る。

「七菜、ありがとう」

稔さんの大きな手が、私の指を組み合わせてぎゅっと握りしめる。

「君と共に過ごす毎日は、輝くようで、新しいことの連続で――夢のように幸せだけど、夢じゃない。だから、俺は世界一の幸せ者だ」

美しいキラキラしたパレードを背景に。

稔さんは私の唇に、優しい口づけを落とした。

そのキスは、ほんのりとロイヤルミルクティーの甘い香りがした。

恋愛小説「エタニティブックス」の人気作を漫画化!
EC Eternity COMICS
漫画 Kurono Sawa 玄野さわ
原作 Kikyo Kaede 桔梗楓
旦那様、その『溺愛』は契約内ですか?
この機会に
俺が君の夫に相応しいかどうかを試してくれ
気持ちいいか?
ぬるぬる滑って……
七菜愛してる
君のペースに合わせて
君を愛そう
生活用品メーカーで働く七菜(なな)に、ある日、とんでもない特命任務が下される。それは新製品モニターとして、鬼上司・鷹沢(たかざわ)と“夫婦”想定で同居すること!? 戸惑いつつも仕事と割り切り、引き受ける七菜。すると、鷹沢からずっと好きだったと告白され、さらには「この同居を通じて、君の夫にふさわしいかも試してほしい」と言われて!?
B6判 定価:本体640円+税 ISBN 978-4-434-27988-1

～大人のための恋愛小説～　EB エタニティ文庫

Yuri & Kouta

こじらせ人生に溺愛フラグ!?

逃げるオタク、恋するリア充

桔梗 楓　　装丁イラスト：秋吉ハル

会社では猫を被り、オタクでゲーマーな自分を封印してきた由里。けれど、リア充な同僚にそれがバレてしまった!!　と思いきや、意外にも彼は由里の好きなゲームをプレイしている仲間だった。それを機に二人は急接近！　彼は、あの手この手で由里にアプローチしてきて……

定価：本体640円+税

Amane & Yukito

優しい彼が野獣に豹変!?

今宵あなたをオトします!

桔梗 楓　　装丁イラスト：篁アンナ

OLの天音は、社長令息の幸人に片想い中。一大決心した彼女はある夜、お酒の力を借りて告白したら、なんと成功！　しかもいきなり高級ホテルに連れていかれ、夢心地に……と思ったら!?「君は、本当にうかつな子だな」。紳士な王子様が、ベッドの上では野獣に豹変した!?

定価：本体640円+税

※エタニティブックスは大人の女性のための恋愛小説レーベルです。ロゴマークの色で性描写の有無を判断することができます（赤・一定以上の性描写あり、ロゼ・性描写あり、白・性描写なし）。

詳しくは公式サイトにてご確認下さい

https://eternity.alphapolis.co.jp

携帯サイトはこちらから！

ブラック企業で働くOLの里衣(さとい)。連日の激務で疲れていた彼女は、あろうことかヤクザの車と接触事故を起こしてしまった！　事故の相手であるイケメン極道の葉月(はづき)から請求されたのは、超高額の修理代。もちろん払えるはずもなく……。彼の趣味に付き合うことで、ひとまず返済を待ってもらえることになったけど…でも、彼の趣味は『性調教』で──!?

B6判　定価：本体640円+税　ISBN 978-4-434-26112-1

本書は、2019年5月当社より単行本として刊行されたものに、書き下ろしを加えて文庫化したものです。


この作品に対する皆様のご意見・ご感想をお待ちしております。

おハガキ・お手紙は以下の宛先にお送りください。

【宛先】

〒150-6008 東京都渋谷区恵比寿4-20-3 恵比寿ｶﾞｰﾃﾞﾝﾌﾟﾚｲｽﾀﾜｰ 8F
(株) アルファポリス　書籍感想係

メールフォームでのご意見・ご感想は右のＱＲコードから、
あるいは以下のワードで検索をかけてください。

ご感想はこちらから

アルファポリス　書籍の感想

エタニティ文庫

旦那様(だんなさま)、その『溺愛(できあい)』は契約内(けいやくない)ですか？

桔梗(ききょう) 楓(かえで)

2020年11月15日初版発行

文庫編集－熊澤菜々子・塙綾子
発行者－梶本雄介
発行所－株式会社アルファポリス
〒150-6008 東京都渋谷区恵比寿4-20-3 恵比寿ｶﾞｰﾃﾞﾝﾌﾟﾚｲｽﾀﾜｰ8F
TEL 03-6277-1601（営業） 03-6277-1602（編集）
URL https://www.alphapolis.co.jp/
発売元－株式会社星雲社（共同出版社・流通責任出版社）
〒112-0005 東京都文京区水道1-3-30
TEL 03-3868-3275
装丁イラスト－森原八鹿
装丁デザイン－ansyyqdesign
印刷－中央精版印刷株式会社

価格はカバーに表示されてあります。

落丁乱丁の場合はアルファポリスまでご連絡ください。

送料は小社負担でお取り替えします。


ISBN978-4-434-28108-2 C0193